아버지
가방에
들어가실 뻔

김신 여행 에세이

아버지라는 한 사람,
한 남자를 알고 싶었다

책읽는고양이

아버지 가방에 들어가시다

파리에 오면 하는 일이 하나 있다.
아침에 일어나 식사를 마치고 오랑주리 미술관에
들르는 일이다.
이 미술관은 나에게 묘한 힘을 주고,
일을 잘 풀리게 하는 마력이 있다.

2011년 여름날 아침 아버지와 이곳을 찾았다.
바로 그날 이후 내 삶에 변화가 찾아왔다.
아버지와의 관계를 새롭게 만들어가기 시작하면서,
가족 내에 흐트러진 질서가 바로 잡히기 시작했다.
그 후로 파리에 오면 하는 첫 번째 의식이
오랑주리에 들르는 일이 되었다.

가족 내 오래된 상처의 치유와 관계의 회복, 제외시킨 가족을
다시 만나는 일, 그 시작은 아버지와의 파리 여행이었다.
그 여행 이후 내 삶이 송두리째 바뀌어가고 있었다.
마치 맞춤법과 의미 변화의 대명사로 회자되는
'아버지 가방에 들어가시다'에서 '아버지가 방에
들어가시다'로 제자리를 찾게 된 것처럼 말이다.

이 책은 파리를 100번을 훨씬 넘게 드나들며 있었던
나의 이야기다.
101번째 여행이란 절대적 수치라기보다 수많은 여행 중 내 삶이
바뀌게 되는 결정적 여행 혹은 순간이란 의미를 담고 있다.

내 아버지와의 파리 여행, 부끄럽고 감추고 싶은 이야기들부터
삶에서 만난 은인들에 대한 이야기, 파리를 통해 변화하는
20여 년 간의 여행업에 대한 이야기, 일과 가족 간 사랑,
그리고 파리에 대한 이야기.
그 외에 부스러기 여행들의 파편을 통해
이 이야기 너머에 있는 나란 사람에 대해 말하고 싶다.

파리를 자주 드나들게 되면서 어느날부터인가
나의 몸이 미술관을 향하고 있다.
어떤 끌림에 이끌려 도착한 미술관이란 공간은

참 마음에 든다.
미술관들과 작품을 만나면서
내 안에 올라오는 물음들이 있다.

이 작품이 나에게 무슨 의미가 있는가?
지금 이 작품에서 어떤 하나를 보고 있는가?

욕망이란 것은 보는 것으로부터 시작된다.
2014년 8월 런던 서펀다인 갤러리에서
마리나 아브라모비치(Marina Abramovic)의 '512 Hours' 라는
행위예술 작품을 우연히 만나게 되었다.
소리를 막는 헤드셋을 착용하고,
사람들이 서 있는 고요한 공간 속으로 걸어들어간다.
소리를 제거하고 시각적인 효과를 극대화시킨 상황 속에
나는 전율을 느낀다.

고요한 상황 속에(명상하는 듯한) 시각으로 받아들이는
정보들이 내 안의 욕망들을 꿈틀대게 한다.
많이 보아야 한다.
본 것이 있어야 구체적 욕망이 올라온다.
여행을 떠나 새로운 것들을 보지 않으면,
소파에 누워 TV에 나오는 타인들의 허황된 욕망들,

타인의 소음들이 올라오게 되는데, 그것은 자연스러운 일이다.
내가 본 것들 그리고 여행을 통해 경험한 것들은
내 안의 욕망 덩어리들로 몸에 남아 있고,
그것들을 표현해야겠다는 내 안의 뜨거움으로
두려움을 넘어 이렇게 글을 쓰게 되었다.
감히 기대하지 못한 일이다.

지금 여기에서 이렇게 글을 쓰고 있는 것은 순전히
부모님 덕택이다.
내 아버지 김태수 님, 내 어머니 최광자 님에게
감사의 절을 올린다.
당신들이 계셔서 내가 이렇게 살아간다.
내 삶의 결정적 변화의 바람이 불게 도와주신 인생의 스승,
장길섭 선생님께도 깊은 감사를 드린다.
삶에서 만난 은인 전태환 님, 최병주 님, 김언중 님, 박경아 님
그리고 여행업계에서 만난 모든 은인들께 감사의 인사를
드리며, 내 안에 흘러넘치는 감사로 이 책을 시작한다.

"감사합니다."

2018년 5월
김신

↑ 마리나 아브라모비치.
← 마리나 아브라모비치의 행위예술 'The artist is present'.

차례

이 책을 마무리하며

1부

아버지
저랑
파리 여행 가실래요

전화를 걸다

"아버지… 저랑… 파리 여행 가실래요?"

전화기 너머 아버지는 대답을 못하시고
어색한 침묵이 흐른다.
잠시 후 좀 생각해보고 전화하겠다는 말을 남기고
황급히 전화를 끊는다.
아버지는 놀라신 거다.
사실 나도 이런 말을 아버지에게 할 날이 오리라고는
감히 상상하지 못했다.
세 달 가량을 망설이고 망설이다 건넨 이 간단한 문장.

그렇게 우리 부자의 파리 여행은 시작되었다.

아버지라는 한 사람

나에게 아버지는 공포의 대상이었다.
몸이 자라고 생각이 커지면서 아버지에게 반항을 하기 시작했다.
마음속에 미움을 품고 복수하듯 아버지에게 모진 말을
서슴없이 하고 대드는 일이 잦아졌다.
물론 대화는 없어졌다.
그렇게 사춘기를 보냈다.
20대와 30대는 아버지와 관계가 거의 없는 상태로 보냈다.
하지만 마음속에는 불만과 미움의 불씨가 늘 남아 있던 시기다.
나이 40이 되니 변화가 찾아왔다.

아버지라는 한 사람, 한 남자를 알고 싶었다.

남자, 그들의 아버지

중소기업 사장들 모임에 나가게 되었다.
어느 날 각자 자기 이야기를 꺼내놓는 기회가 있었다.
모두 남자 분들이었는데 그날의 주제는 '아버지'였다.
비슷한 연배의 분들 중에 아버지가 돌아가신 분들의
이야기를 듣게 된다.

막상 아버지가 돌아가시고 나니
한 남자로서 마음이 무척 쓸쓸하다는 이야기였다.
그리고 아버지가 돌아가시고 나니까
정작 아버지에 대해 아는 것이 거의 없다는 것을
알게 되었다고 한다.

살아계셨을 때는 아버지가
그렇게 밉고, 힘들게 하는 존재였는데,
차라리 죽어버렸으면 하는 생각까지도 했었는데,
막상 돌아가시고 나니 허전함을 느꼈고,
아버지에 대해 아는 것이 거의 없다는 것을 알게 됐으며,
살아계실 때 이것저것 물어보고 알아둘 걸 그랬다는
후회가 된다는 말들을 한다.

가만히 이야기를 들어보니 전부 내 이야기였다.

아버지처럼 살지 않을 겁니다

나도 아버지에 대해 아는 것이 것의 없었다.
아니 알려고도 하지 않았다.

오랜 동안 어머니를 때렸던 아버지.
상을 엎고 소리를 지르는, 늘 화가 나 있는 공포의 아버지.
어머니와 이혼하신 아버지.
가족과는 대화가 없고 친구에겐 친절했던 아버지.
나에게 관심이 없었던 아버지.
아버지는 이런 이미지로 각인되어 있었다.

아버지라는 존재는 오랜 시간 동안 내 생각 안에
분노, 원망, 미움으로 자리하고 있었다.

아버지는 이래야 한다는 어리석은 프레임 속에 갇혀
미움과 증오를 품고서,
아버지에게 반항하고 대들고,
가끔 모진 말을 서슴없이 던졌다.

"난 절대 아버지처럼 그 모양으로 살지는 않을 겁니다.
두고 보세요."

그렇게 아버지 앞에서 말해놓고 13년 전에 나도 이혼을 했다.

불편한 동거의 시작

40을 불혹이라고 했던가.
나이가 40을 넘어가면서 이제까지
아버지는 이래야 한다는 프레임 속에 스스로 갇혀
아버지를 정죄하고 있다는 것을 알아차리게 되었다.

순전히 아버지와 이야기를 나눠야겠다는 생각에
파리 여행을 결심한다.
그런데 막상 결심을 하고 아버지에게 전화를 하려고 하니
참 많이 망설여졌다.

가서 무슨 말을 하나.
불편하지는 않을까.

어떻게 말을 시작할까.
전화해서 뭐라고 하지 등등.

그렇게 두어 달을 망설이다 드디어
아버지에게 용기를 내어 전화를 건다.
심호흡을 하고….

그렇게 아버지와 파리에서의 불편한 동거가 시작되었다.

아버지가 내게 오다

인천공항 저 멀리 인파 속에서
얼굴 가득 미소를 지으며 걸어오시는 모습이 눈에 선하다.
그런 모습은 내 기억으로 그때가 난생 처음이었다.
아버지에게 저런 표정이 있구나!
그때 알게 되었다.

공항에서 본 바로 그 순간
아버지 얼굴에 피어난 웃음꽃은
여행 내내 지지 않으셨다.
파리행 비행기 안에서 아버지에게 물어보았다.

"아버지는 제 나이 때 꿈이 뭐셨어요?"

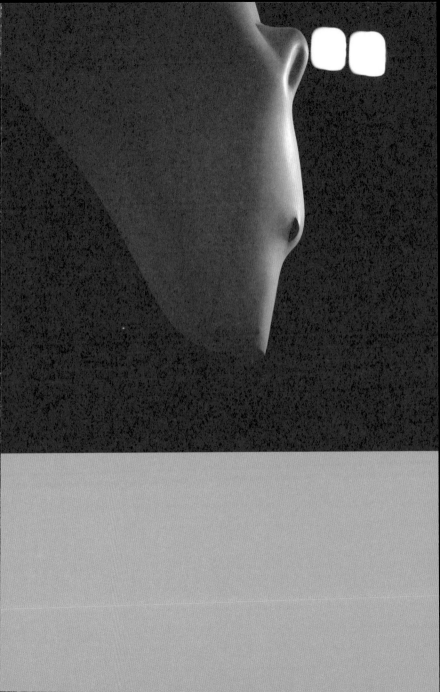

아버지는 꿈이 없었다고 하신다.
너무나 가난하고 먹고 살기 힘들어
꿈을 생각할 겨를이 없었다고 하셨다.

이런저런 이야기를 나누면서, 아버지도
아버지 관점에서 열심히 살려고 노력하셨다는 것을
알게 되었다.
그래 내 아버지는 먹고사는 것을 해결하려고,
자식들 돌보고 키우시려고,
열심히 정신없이 살아오셨구나.

참 수고 많으셨겠다는 생각이 올라온다.

그러니 아버지가 우신다

아버지를 미움으로 대한 나 자신이 한없이 부끄러웠다.
그리고 아버지와의 대화를 통해
아버지는 아버지 나름의 살아오신 이유가 있었으며,
어머니를 통해 나에게 형성된 아버지에 대한 이미지가
왜곡되어 있다는 것도 알게 되었다.

말씀하시며 촉촉해지는 아버지 눈가를 바라보며
'오랜 시간 동안 얼마나 고독하셨을까!'
라는 생각이 들었다.

그리고 나에게 미안하다고,
용기를 내어 말씀하시는 모습에서 남자다움을 느꼈다.

'아버지이기 이전에 한 남자시구나….'

그 다음에는 내 이야기를 했다.
아버지에게 제일 먼저, 이혼해서 죄송하다고 말씀드렸다.
그 이야기는 그때 처음 한 것이다.

그러니 아버지가 우신다.

남자 대 남자

파리에 있는 일주일 동안 아버지와 나는
파리의 이곳저곳을 걷고 이야기하고 구경하며 다녔다.
처음에 불편하고 서먹했던 분위기는 차츰 사라지고,
서로에 대해 새롭고 놀라운 점들을 발견하게 되었다.
아버지가 내 이야기에 그렇게 귀 기울이시는 모습을
본 적이 없었다.
놀라운 일이다.

파리의 명소들을 걸으면서 그 장소에 얽힌 이야기나,
역사, 문화에 대해 아버지에게 안내를 해드렸다.
그때마다 아버지는 마치 하나도 놓치지 않겠다는 표정으로
꼼꼼히 메모를 하셨다.

그런 아버지를 보며 속으로 참 많이 놀랐다.

내 아버지에게 저런 모습이 있으셨구나.
아버지는 참 꼼꼼하신 분이시구나.
유쾌한 남자시구나.
호기심이 많으시구나.
메모를 하시는구나.
모두 새롭게 알게된 사실이다.

2부

반갑지만
조금은 낯선
나의 어떤 면

전화가 왔다

투어프랜즈라는 강남역에 있는 배낭여행사
서병용 사장으로부터 전화가 왔다.
몸이 조금 피곤하고 안 좋아서 병원에 입원해 있다고,
심심하면 놀러오란다.

전화를 받고 다음날 병문안을 갔다.
겉으로 보기에는 멀쩡해 보였다.
침대에 앉아 농담을 하며,
그냥 손발에 힘이 좀 없고 서 있기가 약간 힘들다고 한다.
별일 아니구나, 생각하며
가벼운 농담과 업계 이야기를 나누고 나왔다.

두 번째 병문안을 가니 누워서 인사를 하며
손조차 움직이기 어렵다고 한다.

세 번째 병문안 때는 말조차 제대로 하지 못했다.

다섯 번째부터는 식물인간이나 다름이 없었다.
호흡이 곤란하여 목에 구멍을 뚫고 호수를 넣어
호흡을 원활하게 돕는 장치를 달았다.

나란 사람

길렝바레신드롬.
원인을 알 수 없는 이 생소한 단어의 질병은
손끝 발끝부터 서서히 근육과 신경의 마비가
지속적으로 진행되어, 온몸이 마비되고
호흡기까지 마비되는 병이다.
흥미로운 것은 뇌와 시각과 청각은 정상이라는 점이다.
평소처럼 보이고 들리고 생각은 똑같은데,
온몸이 마비되고 심지어는 눈꺼풀도 깜박일 수 없는
병이다.

그런 서병용 사장을 옆에서 지켜보며
문득 나 자신에게 질문을 던져본다.

'나는 오랜 동안 내 이익만을 추구하며 살아왔지,
지금까지 누군가를 위해 대가를 바라지 않고
기꺼이 친절을 베풀어본 적이 있던가?'

기억이 나질 않는다.
아니 없었다.
그러면서 나는 다른 분들이 기꺼이 나를 도와주길 바라며
구걸하며 살고 있었다.
그런 생각이 올라오니 무언가 도움이 돼보자는 결심을
하게 된다.

그들을 알게 되다

여행업계 신문사 사장님들의 전폭적인 도움을 얻고자
서병용 사장의 딱한 사정을 알리고
도와주자는 모금 캠페인 글을 올리게 되었다.
조악한 글이지만 다른 사람을 생각해 글을 써본 것은
그때가 처음이었다.

신문의 기사를 보고 얼마간의 모금이 이루어졌지만
엄청난 치료비에 도움은 되지 못했다.
그래서 그 동안 영업을 다니던 여행사 사장님들에게
전화를 걸어 도와달라는 모금 활동도 같이 하게 되었다.
그러니 많은 분들이 연락을 주시고
십시일반으로 모금 활동을 거들어주신다.

의미 있는 일 한다는 격려도 있었다.

이건 뭐지?

생전 처음 알 수 없는 기묘한 만족감에 휩싸여본다.

내가 몸담고 있는 여행업계가

가슴이 따뜻한 분들이 많다는 것을 그때 알게 되었다.

난 절대 알지 못했다

그렇게 모아진 돈을 서병용 사장에게 전달하러
연대 세브란스 병원을 방문했다.
이미 그의 몸은 도저히 회복이 불가능한 상태로
치달아 보였다.
신체의 어느 부위도 움직일 수 없었고(심지어 눈꺼풀조차),
호흡기에 기대어 생명을 연장하고 있었다.
그 모습을 보니 힘이 빠지고 절망스런 느낌이 올라왔다.

그 순간 실망스러운 표정을 감추려고 했지만
내 얼굴에서 도저히 감출 수는 없었다.
그래도 업계 분들의 정성이라며
모금에 동참해주신 분들 이름을 한 분 한 분 불러드리고

이런 분들의 사랑 에너지를 모아 이렇게 전달해드리니,
절대 포기하지 마시고 힘차게 일어나시란 이야기를
들릴지 안 들릴지는 모르겠지만
서병용 사장 귀에다 대고 말했다.
그때 서병용 사장의 초점 없는 눈에서
눈물이 흘러내리는 걸 나는 보았다.

그날 병원을 나서는 내 마음은 한없이 착잡하고 무거웠다.
그런데 그 순간부터 기적이 일어나고 있었다는 걸
나는 알지 못했다.

부활의 과정

서병용 사장에게 감각이 돌아오기 시작했다.
손가락과 발가락을 조금씩 움직이고 알아들을 순 없으나
목소리를 내려고 한다.
손발을 조금씩 움직이더니 몸을 돌리고,
급기야 말을 하게 되었다.
그렇게 재활에 들어가 휠체어를 이용하게 되고,
목발을 짚고 걷게 되었다.

진정한 부활이란 이런 것이구나, 라는 걸
곁에서 지켜보게 되었다.
그 부활의 과정을….

그렇게 부활한 서병용 사장은 러시아 여행 책을 내더니
최근엔 시베리아 횡단 열차 여행 책도 내고
유명한 러시아 여행 작가가 되어
활발하게 활동하고 있다.

행운이 내게 오다

기적은 그분에게만 일어난 것이 아니었다.

그동안 그렇게 영업적으로 방문을 해도
거래를 터주지 않던 여행사 사장님들에게서 연락이 왔다.
예약 문의였다.
나를 도와주는 것이다.
알지 못하는 여행사에서 예약이 들어왔다.
소개로 연락했다고 한다. 세상에!
혹은 신문 기사를 보고 연락했다고 한다.

심지어 어떤 사장님은
경쟁사가 당신을 이렇게 비방하고 다니고 있고,

이렇게 조치를 해두었으니 염려 말고
앞으로 조심하라는 정보까지 귀띔해준다. 맘마미아!

그때 알게 되었다.
다른 분들이 나를 바라보는 나란 사람에 대한 이미지,
즉 내 아바타가 바뀌었음을….
아바타가 바뀌니 회사 일은 술술 잘 풀려간다.
내가 요청하지 않아도 나를 도와주려고 하는데,
안 될 일이 어디 있겠는가?

운명이 그때 바뀐 것을 알게 되었다.
우연히 대가를 바라지 않고 한 친절이
내 이미지를 바꾸고 내 운명을 바꾸어놓았던 것이다.

성공해야 한다는 부담감

서병용 사장을 돕기 전,
여행업계 분들이 바라보는 나란 사람에 대한 이미지는
어땠을까?
지금 생각해보면 분명 형편없었을 게 분명하다.
영업을 혼자 다닐 때의 내 이미지는
아마 여행업계 분들에게 부담스러운 이미지였을 것이다.

심각한 표정에 잘 웃지 않는 얼굴,
목표를 향해 빛나는 눈, 마음의 조급함….
처음 회사 문을 열고, 참 분주하고
방어 기재가 강했던 때이기도 했다.
목적과 결과 위주, 돈 되는 일에 대한 미팅만을 해왔다.

그 당시에는 아주 분주하고 바빴던 데에 비해,
그다지 신통찮은 결과들이 있었고,
만나는 여행업계 분들로부터 경계하는 듯한 느낌을
많이 받았다.
누구 하나 기꺼이 도와주는 분이 없었으니,
외롭고 힘들었다.
그래서 표정(내 얼굴을 내가 볼 수는 없지만)은
더욱 공격적이 되어갔었는지도 모르겠다.
또한 회사가 망하면 절대 안 된다는 부담감이
오랫동안 내 어깨를 짓누르고 있었다.

그런 이미지를 가지고 사람들을 만나고 있었던
시기였다.

3부

인생
최고의
여행

아버지의 눈물

"다정하게 대해주지 못해 미안하다.
표현하고 싶었는데 입에서 나오지 않아 표현을 못했단다.
그 동안 너가 어떤 사람인지,
정확히 무슨 일을 하는지 몰랐던 거 정말 미안하다."

돌아오는 비행기 안에서 아버지는
미안하단 말씀을 하시며 하염없이 우셨다.
그렇게 우는 모습도 그때가 처음이었다.

"괜찮아요 아버지.
아버지는 제 아버지인 것만으로도 충분해요….
아버지 감사합니다."

나도 흐르는 눈물을 닦으며
괜찮다고, 고맙다고 아버지에게 말씀드렸다.
그리고 그렇게 말하는 나 자신이 참 마음에 들었다.

그렇게 일주일 간의 파리 여행은 스쳐 지나갔다.
내 기억 속에 이번 여행은 인생 최고의 여행이었다.
아버지와 아들 간의 오래된 상처를 치유하는 여행,
서로를 알아가고 함께 같은 길을 걸어보는 여행,
아버지를 한 남자로 바라볼 수 있게 된 여행이었다.

불편한 사이

난생 처음 해본 아버지와의 파리 여행은
솔직히 아주 불편했다.
하지만 그 불편함을 넘어 함께한
파리에서의 시간들과 이야기들은 평생
나와 아버지의 가슴속에 남아 있을 것이다.

아버지는 이 여행이 어떠셨을까?
나와 비슷하셨던 것 같다.
여행 이후에 나를 대하는 목소리가 바뀌고
눈빛이, 말투가 달라지심을 알게 되었다.
다정하고 친절한 말투, 따듯한 눈빛, 애정 넘치는 목소리.

나는 감히 이런 날이 오리라고 생각하지 못했다.
삶의 연금술이랄까?
불편함을 외면하지 않고 선택하니,
쇠붙이를 금으로 바꾸겠다고 한 연금술은
과학 시간의 이야기가 아닌 삶의 이야기로 바뀌었다.
외면하지 않고 선택하고 부딪혀보면
삶의 연금술사가 될 수 있다는 것을 경험으로 알게 된다.

여전히 우리 부자는 자주 통화하지는 않는다.
하지만 지금도 가끔 아버지에게 안부 전화를 드리면
많은 말을 하지 않아도 수화기를 통해 전해져오는 목소리에서
보이지는 않지만, 아버지의 변화와 마음을 느낄 수 있다.

아버지가 나를 자랑스러워 하신다고
여동생이 전해주었다.
그동안 나는 아버지가 나를 부끄럽게 여기신다 생각했었다.
이건 정말이지 혁명이다.

우리 시대 많은 가정에서 아버지와 아들은
가족 중 가장 불편한 사이가 아닐까 생각해본다.
가정에서 가장의 자리가 사라지는 요즘,
우리 시대 아버지들은 얼마나 외로우실까.

오랜 시간을 함께한 가족이지만 잘 듣지 않으며,
잘 보지 않고, 서로 눈을 마주치는 것이
부끄러운 가깝고도 먼 사이, 아버지 말이다.

나는 이 파리 여행을 통해 여행이라는 것이
가족 간의 오래된 상처를 치유할 수 있는 아주 좋은
프로그램이라는 것을 알게 되었다.
그래서 나의 여행 경험과 이야기를 바탕으로
가족 간의 관계를 회복하는 데 도움이 되는
세밀한 여행 프로그램을 만들고 싶었다.

*

관광(觀光). 볼 관자에 빛 광자. 여행은 빛을 보는 일이다. 낯
설고 새로운 빛을 보고 돌아와 자신의 일상을 재조명하는 역
할을 관광이 하고 있다. 관광을 업으로 하고 있는 나란 사람
은 참 복받은 사람이다. 빛을 보는 일을 도와주는 직업이란
참 의미 있는 직업이라는 생각을 하게 된다. 그래 이것이 나
의 천직이구나, 라고 어느 때부터인가 알게 되었다.

남자가 철이 든다는 것

남자로 태어나 철이 든다는 의미는 무엇일까?
내 경우는 아버지를 아버지이기 이전에
한 사람으로 한 남자로 바라볼 수 있는 눈을 갖게 된 때,
바로 그 순간부터이지 않을까 생각한다.

나는 파리 여행을 통해
아버지를 나의 아버지이기 이전에 한 남자로 만났다.
아버지는 내 머릿속 프레임 속의 이래야 하는
저래야만 하는 아버지가 아닌, 한 사람이었다.
그의 모습을 통해 나 스스로를 조명해본다.

나도 지금 여기에 서 있는 한 사람, 한 남자다.

그렇게 우리는 남자 대 남자로, 사람 대 사람으로
만나서 살아간다.
오랜 시간 동안 마음을 짓눌러오던
무거운 것들이 일순간 사라졌다.
홀가분함이 올라온다.

이 땅에 와서 처음 만난 남자인 아버지와,
그가 키운 남자인 아들.
남자 대 남자로의 만남은 기적이다.
이런 삶이 내게 찾아와줘서 참 감사하다.

4부

여행
일을
한다는 것 1

여행 일을 하게 된 동기

초등학교(그때는 국민학교) 5학년 때의 기억이다.
밤에 아버지가 집에 들어오시면,
어머니 어디 있냐고 어린 우리에게 마구 소리치던,
그야말로 매일 밤이 공포의 시기였다.
어머니가 나타나면 어김없이 욕을 하고
뭘 집어 던지거나 때리셨다.

이번 파리 여행에서 알게 된 것인데
그때 그렇게 아버지가 화를 내신 이유는
어머니가 아버지가 벌어온 돈을 멋대로 외할머니에게
빌려준 것을 알게 되고, 상의 없이 돈을 몰래 빼돌렸다고
생각하셨기 때문이었다고 한다.

그 화를 매일 밤 어머니에게 풀고 있었던 것이다.

이 시기에 어머니는 밤마다 피해 다녔다.
왜냐하면 아버지가 술 한 잔 하는 날이면 어김없이
폭력을 휘둘렀기 때문에 무서워서 피했던 거다.
그런 날에 어머니는 항상 집에 없었다.
그러면 남겨진 나와 내 여동생은 전설의 고향 같은 시간을
맞이한다.

불안함이 극도로 치달아 여기저기 어머니를 찾는다.
불안감에 온 동네에 전화를 돌린다.
어머니가 갈 만한 곳은 어디든지.
내 머릿속엔 온통 어머니가 어느 위치에 있을까 하는
생각뿐이었다.
그리고 어떻게든 찾아내서 아버지가 오기 전에
어머니가 먼저 집에 오게 하는 것이 목적이었다.

그런데 그때 겪었던 그 공포와 불안은 어린 나에게
어머니를 찾아야겠다는 필사의 노력을 하게 만들었다.
정말 어떻게 해서든 찾고 싶었다. 어머니를.
잃어버린 것을 아는 사람만이 무언가를 찾아 나선다는
말이 있다.

무엇을 잃어버렸는지 모르는 사람은 아무것도 찾지 않는다.
잃어버렸다는 생각에 공포와 불안을 얹으면
어떻게 해서든지 찾고야 말겠다는 강력한 에너지가
나오게 된다.

아이러니하게 어린 시절의 집안 불화, 불안과 공포,
그리고 결핍을 통해 어린 내 안에서 내 힘으로 무언가를
꼭 찾아야겠다는 에너지가 생기게 되었다.
너무 황당하고 웃긴 비유일까?

나는 새로움에 대한 호기심이 많은 사람이다. 새로운 장소,
새로운 사람, 새로운 색, 새로운 소리, 새로운 눈, 새로운 뇌,
새로워지는 것에 대한 호기심을 가지고 있다.
그 호기심으로 여행업을 시작하게 되었다.
지금 생각해보니 아버지 어머니가 그렇게 사신 덕택에
지금의 내가 그나마 먹고 살고있는 것이다.
삶은 알 수 없는 우연한 과정의 연속이다.

여행사를 접기로 결정한 밤

이룡을 접기로 결정한 밤,
그날 밤은 괴로움에 잠을 이룰 수가 없었다.

11년 간 운영해온 한국 여행 시장 최초의
중국 호텔 예약 전문 회사 '이룡'은 2004년 국내 최초로
중국 호텔 예약 전문 회사로 문을 열어,
중국 전지역 110개 도시 3200개 호텔과 거래를 하고 있었다.

침대에 누워 지나온 시간에 대해 생각해본다.
흘린 수많은 땀방울과 함께한 웃음들,
최고 매출을 올리던 날 지었던 미소, 그 이후에 맛본
좌절, 절망, 일어났던 사건 사고들,

함께한 직원들에 대한 미안함, 후회, 갈등….
지옥이 있다면 그날 밤 내 머릿속이 바로 지옥이었을 거다.

나는 절대 실패하지 않아,
나는 절대 망하지 않아,
실패는 절대 용납하지 않아,
라고 생각하는 무데뽀 성공 지향형 인간인 나에게
어느 날 예고 없이 실패가 찾아왔다.

지금 일어난 사실을 받아들이기가 너무나 괴로웠다.
사실을 있는 그대로 받아들이는 것 자체가
용기라는 것을 알게 된다.

올라갈 때는 보이지 않는다

'이룡'은 인터넷 브라우저 익스플로러(explorer)의
영문 이니셜 e에 용 룡(龍) 자를 합성하여 만든 이름이다.
인터넷 시장의 용 같은 회사가 되겠다는 의미로
'이룡'을 만들었다.

한국 최초의 중국 호텔 예약 전문 회사 '이룡'은
시작부터 여행업계의 주목을 받으며 성장해나갔다.
최초의 법칙이라는 어드벤티지와 적절하고 공격적인
홍보 덕택에 여행업계에서 이룡은 빠른 시간 안에
자리를 잡아나갈 수 있었다.

중국의 수많은 도시들의 수많은 호텔들과 직계약을 하며

빠르게 판매와 호텔 수를 늘려나갔다.
매년 중국 호텔 판매 매출액은 30% 이상 고성장을
지속해갔다.

이곳저곳에서 협력과 인수 합병 제안이 들어왔다.
일이 잘된다는 것은 더 없이 즐거운 일이다.
나 자신에 대한 확신과 자만감에 눈에 보이는 것이 없었다.
하지만 얻은 것에 대한 대가는 늘 치러야 하는 법이다.
경쟁사들의 중국 시장 진출 속도가 빨라졌고,
가격 경쟁은 가속화되었으며,
전 세계 호텔 예약 No.1이라는 선전 구호를 외치는 A사로부터
호텔 이용자 댓글에 대한 저작권법 법적 소송이 일어났다.
무엇보다 모바일 기반의 글로벌 온라인 실시간 호텔 예약
공룡 회사가 나타나 시장을 일순간 장악해나갔다.

그때는 알지 못했다.
시기와 질투, 악성 댓글 같은 것은 잘되는 회사가 거치는
자연스러운 과정이라는 것을….
누구도 잘되지 않는 회사에는 주목하지 않으며,
시기하지 않는다.

하지만 그때는 그저 이런 일이 왜 생길까 하는 생각에

화가 머리끝까지 나 있었던 것 같다.

그런 것들을 넘어서 더 새로운 것과 좋은 곳으로
올라가지 못하고 사장이 화가 나 있으면,
회사는 거기서 멈추는 것이 아니라
바로 직하강을 시작하게 된다.

고은 시인의 시처럼
"내려갈 때 보았네, 올라갈 때 못 본 그 꽃."
회사가 잘나갈 때는 눈에 보이는 것이 없었다.
하지만 그 상승 곡선이 꺾이고 내려갈 때
비로소 보이는 것들이 있었다.

변화를 유보하면, 회사가 망한다

그렇게 이룡은 7년 간의 황금기가 지나가고,
2010년 진짜 위기가 찾아왔다.
외국계 모바일 호텔 예약 공룡 회사들이
중국 호텔 예약 시장까지 급속도로 장악해 들어온 것이다.
그때까지 국내에서 경쟁사들끼리 시장 경쟁에만
열을 올리고 있었지만 의미 없는 출혈 경쟁이었다.

매출은 추락하기 시작했다.
떨어지는 매출을 막기 위해 가격을 내리다보니,
수익률도 함께 빠르게 하락하기 시작했다.
시장 패러다임이 빠르게 바뀌고 있다는 사실을
애써 외면하고 싶었다.

지금 일어난 일에 최선을 다하면
좋은 날이 다시 오리라는 애매한 기대만 가지고 살았다.
돌이켜보면 시장 변화를 감지한 그 순간에 바로
변화를 선택했어야 했다.
모바일 시장으로 올인해야 했으며
전통적인 시장 프레임을 벗어나, 모바일 기반 시장에서
도시별 호텔별 판매전략을 세워야 했고,
당일 호텔 예약, 휴일 서비스, 상용 시장 전문 판매에 대한
대응 전략을 준비했어야 했다.

하지만 선택을 유보하고 기다리기만 했다.
시장이 다시 돌아오기를 간절히, 아주 간절히….
하지만 시장은 다시는 다시는 돌아오지 않았다.
선택을 유보하면 회사가 부도 난다는 건
내가 경험한 이야기이다.

내려갈 때 전략이 중요하다

일이 잘될 때는 좀 더 다양하고 공격적인 전략을 세우고
추진하게 된다.
상승 곡선을 유지하기 위한 노력은 자연스러운 것이다.
그렇게 물리적인 일정 시간이 지나가고
하락의 순간을 맞이한다.

하지만 시장 환경이 바뀌고
비즈니스가 정점을 찍고 내려가게 되는 순간,
그 동안 그렇게 치밀하고 공격적으로 전략을 세웠던
습관은 사라지고 그냥 상실감과 멘붕에 빠져
넋을 놓아버리게 된다.

전략 부재의 상황에 놓이게 되는 것이다.
올라갈 때 상승 유지 전략이 중요한 것처럼,
내려갈 전략은 더욱 중요하다.
회피하고 싶고 포기하고 싶은 마음을 진정시키고,
일단은 멈추어 서서
그동안의 일에 대한 전반적인 내용에 대해 바라본다.
그리고 지금 현재 회사 상황을 냉철하게 바라보는 관점을
갖는 것이 첫 번째 해야 하는 일이다.

우리 회사는 지금 상황이 어떻고,
얼마의 적자를 기록하고 있고,
시장에서 어떤 위치에 서 있는지를 파악해야 한다.
과거는 중요하지 않다.
회사는 현재 시점만 존재 한다.

사실에 기반을 둔 현 위치 파악,
그것은 내려갈 때 세울 수 있는 최고 전략의 출발점이다.

마무리 절차

2014년 1월 11년차에 들어가는 이룡은
문을 닫기로 결정하였다.

문을 닫으면서 먼저 이룡과 거래를 해주신 은인들,
거래 여행사들과 호텔들에게 서비스가 중단됨을
안내하였다.
피해가 없도록 기존에 들어와 있는 호텔 예약까지
문제 없이 처리해드리는 것으로,
호텔들과는 들어가 있는 예약 처리와 미수 정리,
예치금 정리, 지불 관계를 깨끗하게 마무리하는 작업을
석 달 가량 진행하였다.

거래 여행사들과 호텔들에게
오랜 기간 거래해준 데 대한 감사를 전하고
시장 변화에 대응 못해
이룡 서비스를 중지하게 되었으며,
때가 되면 다시 서비스를 시작하겠다는 안내문을
눈물을 흘리며 발송했다.

멈추면 비로소 보이는 것

그렇게 2014년 1월 '이룡'을 닫았다.

오랫동안 하던 일을 멈춘 것이다.

허탈감과 절망, 후회, 자책만이 몰려올 줄 알았다.

예상과 달리 의외로 그런 기분은 잠시였고,

오히려 편안함과 자유로움, 그리고 시력이 좋아지는 것을

느끼게 되었다.

정신없이 일을 할 때는 그 일 자체에 묶이게 되고

힘(무리수)이 들어가게 되고 결과에 초조해지게 마련이다.

같은 이유로 골프에서는 여지 없이 뒷땅이나 미스샷이

나게 되는 것이다.

멈추게 되면 그 일 전체를 세세히 조명해 볼 수 있는 시력이

생기게 된다.

멈추었을 때 비로소 보이는 것이 있다.
있는 그대로 보게 되는 것이다.
멈췄을 때만 일어나는 삶의 신비라고나 할까?
멈춰서 이룡을 바라보니 사실적인 것들이 눈에 들어온다.
보지 못한 것들에 대해 보게 되고,
듣지 못한 것을 듣게 되었다.

끝은 또 다른 시작

이 글을 쓰는 이유는 나의 흔한 실패 스토리를 통해
다른 분들이 같은 실수를 반복하지 않았으면 하는
바람에서이다.
그리고 내가 겪었던 실패를 넘어서기 위한,
나 자신을 위한 위로이자 격려이기도 하다.

궁극적으로 새로운 시작을 준비하기 위함이다.
중국 호텔 예약 회사 이룡은 망했지만
전혀 새롭게 다시 부활하게 될 것을 예고하는
글이기도 하다.
너무 의도가 분명한가?

그렇다.

나는 그런 사람이 되고 싶다.

실패와 좌절을 감사로 받아, 새롭게 일어나는

오뚝이 같은 사람.

"끝이라고 하기 전까지, 아직 끝이 아니야."라는

레니크래비츠(Lenny Kravitz)의 노래가 생각난다.

내가 그토록 흘린 수많은 눈물과

마음속의 너무나 커다란 고통

그토록 오랫동안 노력했잖아요.

하지만 끝이라고 하기 전까지,

아직 끝이 아니에요.

(It ain't over till it's over 가사 중에서)

5부

돌아갈
곳이 있어야
여행이다

딸과 함께 다시 찾은 파리

그렇게 아버지와 오래된 부자간의 상처를 치유하고
관계를 회복하는 여행을 마쳤다.
그러면서 생각난 것은 내 딸이다.

내 딸 김서연.
13년 전 이혼 후 거의 보지 않고 지냈던 내 딸 서연이.
내가 아버지에 대한 미움을 오래도록 가지고 살아왔던 것처럼
그 아이의 마음에도 나에 대한 서운함, 원망, 미움이
자리하고 있으리라.

아버지가 나에게
미안하다고 울면서 고백하시는 모습을 보면서

나도 내 딸 아이에게 미안한 마음을 고백하고
용서를 빌어야겠다는 생각을 했다.

이혼을 한 이후 딸에게 아버지 역할을 제대로
해본 적이 없다.
내 한몸 먹고 살기 바쁘고, 치열하게 산다는 핑계로
아이를 돌보지 않은 것이다.
같은 이유로 아버지를 미워하면서도
정작 나는 그렇게 살고 있었다.
그 되풀이의 사슬을 끊기로 선택했다.

내 딸 서연이를 분당에서 만나기로 하고 긴장되는 마음을
진정하며, 들숨과 날숨을 길게 한 번 쉬어본다.
문을 열고 스타벅스로 들어간다.
왼발 오른발 내 발걸음과 호흡이 조화를 이루며
조금씩 조금씩 서연이에게 다가간다.

너무나 오랜만에 만난 서연이는
내가 세 살 때 보았던 그 작고 귀여운 아기가 아닌,
어느덧 14살 중학생으로 자라 있었다.
키는 훌쩍 커서 나와 비슷했고,
어딘지 모르게 얼굴에서 나의 모습이 보이는 이 아이,

참 신기하고 낯설고 어색함이 올라온다.

여느 중1짜리 여자아이와 마찬가지로 서연이는
내 눈을 보지 않고 휴대폰을 만지작거리며
물어보는 말에 단답식 대답을 한다.
하긴 서연이도 얼마나 어색할까?

그렇게 오랜 동안 일방적인 질문과 단답식 답변의
청문회식 만남이 지나간 후에 내가 제안을 한다.

"서연아, 아빠랑 파리 여행 갈까?"

그 말을 하니 아이가 휴대폰에서 고개를 들어
내 눈을 바라본다.

"네. 그래요…."
"그래 서연아. 우리 함께 여행하며 걸어보자.
너와 함께 파리를 걷고 싶어."

서연이는 고개를 끄덕인다.
그렇게 딸 서연이와의 파리 여행은 시작되었다.

아빠를 용서해주겠니

서먹한 가족과의 두 번째 여행이어서 그런지
아버지 때처럼 공항에서 긴장되지는 않았다.
웃으며 아이를 공항에서 만나 우리는 비행기에 올랐다.

파리에서 서연이와는 미술관을 중점적으로 둘러보았다.
오랑주리, 로댕갤러리, 오르세, 오베르쉬아즈.
함께 센강 유람선에서 맛있는 저녁 식사 데이트도 했다.
좀더 감성적인 코드의 여행을 딸과 한 것이다.

디너 크루즈를 하며 서연이에게 말했다.

"서연아 아빠와 엄마가 이렇게 헤어져서

너에게 상처를 준 건 다 아빠 잘못이다.
헤어질 때 상의했는데
아빠보다는 훨씬 현명하고 훌륭한 엄마가 너를 키우는 것이
서연이에게 좋다고 판단해서 너가 엄마와 살게 된 것이란다.
너가 훌륭한 엄마와 살며
이렇게 건강하고 밝게 자라준 것이 정말 고맙다."

"이제라도 너에게 고백하고 싶다."
"미안하다, 용서해 주겠니?"

가만히 내 눈을 바라보는 서연이 눈이 밝아지는 것 같다.
이렇게 서연이와의 파리 여행은 깊어만 간다.

어머니께 묻다

"외할아버지가 그때 그 배 위에서 뛰어내리셨어요?"

2015년 여름 어머니에게 물어본 질문이다.
나는 사실 외할아버지에 대해 아는 것이 전혀 없다.
이미 고인이 되신 외할머니는 생전에 대화도 종종 하고,
자주 뵈었기 때문에 기억이 선명하다.
그런데 최근에 어머니에게 외할아버지에 대해 물어보다가
갑자기 이런 질문을 하게 된다.

내 어머니는 1944년 일제 시대에 일본 나고야에서 태어나셨다.
그 당시 외할아버지는 일본으로 징용을 가셨고,
외할머니는 밀항을 해서 일본에 있는 삼촌집에서

일을 하고 계셨다.
그렇게 일본에 사시다가 삼촌의 소개로 만나 연애도 하고
결혼해 내 어머니를 나고야에서 낳으셨다고 한다.

1945년에 일본이 전쟁에서 패망한 후 일본 정부는
어떤 이유에서인지 모르겠으나 나고야와 오사카 지역에
살고 있는 한국인들을 추방했다고 한다.
태국에서 만난 어떤 나이 지긋한 노부부는
그때 오사카 지역에서 징용간 분들의 대규모 폭동이
있었다고도 하는데, 정확한 이야기는 아니다.

가진 재산을 다 놔두고 당장 떠나지 않으면 죽이겠다고
위협하여 강제로 쫓아냈다고 들었다.
외할아버지와 외할머니는 백일이 막 지난 젖먹이를 업고,
가지고 있던 현금을 아기 똥기저귀 속에 숨기고는
허겁지겁 도망을 나오셨다고 한다.

그렇게 나고야에서 오사카로 도망나와
목포로 가는 배를 무작정 타셨다고 한다.
1945년 당시에는 오사카—목포 구간만
배가 운행되었다고 한다.
외할머니가 어머니에게 생전에 해준 말이다.

그렇게 가만히 나는 이야기를 듣고 있다가 어머니에게
외할아버지에 대해 물어본다.
하지만 어머니는 외할아버지에 대한 사진이나 기록
어떤 것도 가지고 계시지 않다고 하신다.
단지 이름 석 자만 기억하고 있단다.
김광식.

그래서 조심스럽게 어머니에게 다시 물어보았다.

"혹시 오사카에서 목포로 오는 배 위에서
외할아버지가 자살하셨어요?"

어머니는 잠시 침묵을 지키시더니, 그렇게 들었다고
말을 이어간다.
징용으로 강제로 끌려가 노역을 하다가,
그나마 조금씩 모아놓은 집과 재산을 버리고 달아나듯
배를 타고 무작정 나오게 되어
외할아버지가 화가 단단히 나셨다는 것이다.
분에 못 이긴 외할아버지는 배에서 뛰어내리셨다고 한다.

외할아버지를 기억하는 나고야 여행

어머니에게 제안을 한다.
우리 외할아버지를 기억해드리고 제사도 지내드리러
나고야에 가자고 말이다.
생각해보니 오랫동안 아무도 기억해주지 않은
우리 외할아버지가 너무 외롭고 쓸쓸하실 것 같았다.
유일하게 세상에 남아 있는 자식인 어머니도
당신을 기억해주지 않으니 깊은 바닷속에서
얼마나 외롭고 서러우실까.

외할아버지의 마음이 되어 어머니에게 제안을 했다.
어머니가 태어난 나고야 땅도 한 번 밟아보고
1944~45년에 외할머니 외할아버지가 갓난아이를 업고

가셨을 것 같은 장소들도 거닐어보고, 오사카로 이동해서
배를 타고 그때처럼 한국으로 들어오자고 했다.
오래 전 외할아버지와 외할머니가 어머니를 안고
이동하셨던 그 루트대로 따라가보자고 했다.
돌아오는 배 위에서 바닷속에 잠들어 계신 외할아버지를
위해 좋은 술도 부어드리고, 꽃도 선물하고,
맛있는 음식도 대접해드리자고 했다.

그렇게 해서 어머니와 나는 2015년 8월에 일본 여행을
하게 되었다.
나고야의 이곳저곳을 어머니와 함께
70여 년 전을 상상하며 걸어보는 맛은 특별했다.
이곳은 틀림없이 외할아버지 할머니가 지나갔을 거야,
라는 말을 하고나면 왠지 모를 따듯함이 올라왔다.

오사카 시내에 명패를 써주는 상점을 물어물어 찾아가
한글로 '김광식' 이란 이름을 새겨 가방에 넣어두었다.
그리고 꽃집에 가서 그 집에서 가장 화려하고 아름다운
하얀 장미 한 다발을 샀다.

오사카 항에서 떠나 부산으로 들어오는 배 갑판 위에서
외할아버지의 명패와 음식, 술, 그리고 하얀 장미 한 다발을

갑판에 놓아두고 제사를 지냈다.

해가 지는 그 바다 위에서 어머니 눈에 하염없이 흐르는
눈물을 바라보며 나도 한참을 울었다.
그러면서 마음 한 편이 홀가분해지는 것을 느낀다.

해질 무렵 갑판 위는 바닷바람으로
상당히 쌀쌀해지고 있었다.
그런데 이상하게 하나도 춥지 않았다.
어디선가 외할아버지가 우리를 지켜보고 계신다는
느낌을 받았고, 따듯한 기운을 느낀 건 나뿐만 아니라
어머니도 마찬가지였다.

그렇게 아버지와의 파리 여행을 시작으로 나에게는
가족 내 흐트러진 질서를 잡기 위해 딸과 여행을 하게 되고,
기억에도 없는 오래 전 외할아버지를 기억하는 여행까지
감히 기대하지 못했던 여행을 하면서 살게 된다.

참 고마운 삶이다.
이런 삶이 내게 찾아오다니….

여행을 가족과 섞으면

쟝르를 넘나드는, 다양한 말들이 있다.
그레이(gray)란 음악 쟝르가 있다.
흑인 음악과 백인 음악이 혼합된 음악을 말한다.
흑인의 애환이 서린 리듬과,
백인의 밝고 활달한 리듬을 섞어놓은 음악이다.
흑인의 감성과 백인의 감성이 뒤섞인 회색의 노래는
묘한 맛이 있다.

에듀테인먼트 (edutainment)라는 말이 있다.
에듀케이션(education)과 엔터테인먼트(entertainment)의
합성어다.
우리는 학창 시절의 경험으로 알고 있다.

재미 없는 선생님이, 어떤 과목에 대한 흥미를
얼마나 떨어뜨리는지를….
고등학교 시절 화학 선생님의 노고(?) 덕택에 나는 아직도
그때의 따분하고 졸리던 느낌을 기억하고 있다.

수업 시작 종과 함께 정확한 시간에 들어오셔서,
농담 한 마디 안 하시고 줄곧 화학식 기호를 칠판 가득
혼자 적으시고는 진도를 나가시던 선생님….
그리고 '땡' 하고 종이 치면 바로 분필을 내려놓으시고
나가시던 뒷모습….

지금도 그 뒷모습을 생각하면 웃음이 나온다.
물론 내 화학 점수는 계속해서 바닥을 달리고 있었다.
하지만 세상은 변했다.
지금은 공부도 재미로 하는 시대다.
공부와 게임이 섞여서 아이들은 열심히 게임을 하면서
자연스럽게 공부를 하게 된다.
게임과 공부가 섞인다는 것이다.
바야흐로 놀면서 공부하는 시대가 다가오고 있다.

또 디지로그(digilog)란 말이 있다.
디지털과 아날로그의 합성어다.

'The
painting
comes to
me as if in
dream'

디지털은 순수 디지털로만, 아날로그는 순수 아날로그로만
존재할 수 없는 시대를 살고 있다.
디지털 세상의 리딩 회사 구글(google)의 사내 문화는
아이러니하게 아날로그적이며,
사람 냄새가 물씬 나는 느낌이다.

현대캐피탈 정태영 사장이 서울대에서 강연을 한다고 해서,
참석한 적이 있다. 그 자리에서 한 학생이 물었다.
현대캐피탈이란 회사가 그렇게 빠르고 공격적으로
온라인 시장에서 성장한 가장 큰 요인이 무엇인가, 라고 묻자
정 사장은 주저함 없이 그건 '감'이라고 대답했다.

명확하게 설명하기는 힘들지만, 자신의 '감'을 믿고
회사를 운영했다는 것이다.
철저한 펀더멘털과 시장에 대한 계산을
논리적으로, 수치적으로 할 것 같은 회사의 사장 입에서
감이란 말을 듣는 순간 묘한 기분이 들었다.
디지털과 아날로그가 섞인 듯한 느낌의 그 강연을 하고 있는
정태영 사장은 쿨한 느낌의 사람이었다.
디지털은 아날로그와 섞여야 쿨해지는 법이다.

여행은 모든 것과 섞일 수 있다.

어떤 것과 섞이느냐에 따라 맛은 완전히 달라질 것이다.

여행을 가족과 섞으면 기쁨이 되고,

여행을 연인과 섞으면 사랑이 되고,

여행을 슬픔과 섞으면 정화가 되며,

여행을 사랑과 섞으면 삶이 된다.

여행은 인연이다

어드벤처 전문 여행사 신발끈여행사의
장영복 사장님으로부터 전화가 왔다.
일본의 여행사 니혼바시 트래블러스 클럽의 마키 모리타 일행이
올 예정이니 유럽 출장을 좀 미뤄달라는 부탁이었다.

마키 모리타와 장 사장님과의 인연은 2014년 여름
북극 스피츠 베르겐 섬 유람선에서 시작되었다.
당시 두 사람은 각각 한국인 단체와 일본인 단체의
북극 여행 인솔자였다.
그런데 장사장님이 마키 모리타 일행을 만나기로 한 날,
신발끈 여행사 회식이 있으니, 미안하지만
마키와 그 친구들을 나더러 먼저 챙겨달라는 부탁이었다.

마키와 나는 사실 구면이었다.
이전에 장사장님 소개로 방콕에서 우연히 만나
술을 한 잔 한 적이 있다.
같은 여행업계 동료들을 만난다는 생각에 가벼운 마음으로
약속 장소의 문을 두드렸다.
마키가 활짝 웃으며 반갑다는 사인을 보낸다.
그리고 그 옆에 미소 지으며 수줍게 서 있는
동갑내기 친구를 소개한다.
그녀의 이름은 카네코 치하루.
같은 회사 동료이자 베프라고 한다.

여행업을 인연으로 만난 장사장님.
그가 북극 여행의 인연으로 알게 된 마키 모리타.
그리고 카네코 치하루.
카네코 치하루, 그녀는 지금 나의 아내, 나와 가족이 되었다.

6부

아버지와의
여행
일정

파리행 티켓 2장

인천공항.
누군가를 공항에서 이렇게 긴장하며 기다린 적이 있었던가?
아버지를 인천공항에서 기다리는 잠깐의 시간 동안,
긴장도 되고 웃음도 나고 뿌듯하기도 하고
이런 저런 감정들이 나를 찾아온다.

공항의 수많은 인파 속 저편에서 아버지가 바쁜 걸음으로
미소를 지으며 걸어오신다.
여태껏 살아오면서 난 아버지의 눈빛을 본적이 거의 없었다.
서로의 눈을 거의 쳐다보지 않았던 우리였는데,
아버지가 내 눈을 바라보고 웃으며 걸어오시는 모습이
보인다.

참 낯설다.
그런 모습을 바라보며 나는 이 여행이
내 인생 최고의 여행이 되지 않을까, 라는 생각을 했다.

아버지와의 여행을 계획하며 알게 된 사실이 있다.
내가 아버지에게 바라는 것만 수두룩하게 많았지,
정작 아버지를 극진히 대접한 적은
한 번도 없었다는 사실이다.
요구하는 주둥아리와 불만만 있었지,
정작 내가 정성을 다한 적은 없었던 것이다.
미안한 마음이 올라왔다.

일생에 처음으로 나는 이번 여행에서
아버지에게 정성을 다해야겠다는 생각을 했다.
어떤 것들이 있을까 생각해본다.

나는 지금 파리행 대한항공 비즈니스 티켓 두 장을 들고
서 있다.

KE901

파리행 비행기가 이륙하고 아버지에게 물어보았다.

"아버지는 젊은 시절 꿈이 뭐였어요?"
아버지는 꿈이고 뭐고 없으셨단다.
그냥 우리(나와 여동생) 키우고 학교 보내기 위해
정신없이 닥치는 대로 돈 되는 일을 하셨다고 했다.

"아버지 젊었을 때 어떤 스타일의 여자를 좋아했어요?"
멋쩍어하시며 대답을 안 하신다.

"(집요하게) 어머니랑은 왜 결혼하셨어요?"
조금 당황하시는 듯하다.

역시 대답이 없으시다.

"그럼 어머니랑은 왜 이혼하셨어요?"
그러니 격앙된 목소리로 말문이 터지신다.
어머니에 대한 불만의 내용들이 쏟아졌다.
내가 처음 듣는 이야기가 대부분이었는데 가만히 들어보았다.

아버지 이야기를 들으면서 알게 된 것이 하나 있다.
그 동안 나는 어머니 이야기만 듣고 어머니 관점에서
피해자인 어머니 편이 되어 가해자라 결정 내린 아버지를
판단하고 미워하고 정죄하고 있었다는 걸 알게 되었다.

아버지 이야기를 들어보니 아버지가 왜 그렇게 화내셨는지
조금은 이해가 된다.
그러면서 아버지는 안에 화가 많으신 분이구나,
라는 생각도 하게 된다.
30여 년이 지났지만 여전히 아버지는 화가 나시는 모양이다.

"저랑 여행 오시니까 어떠세요?"
너도 바빴을 텐데, 이런 시간 만들어줘서 무척 고맙다고
하신다.
이런 여행 하게 될 줄 꿈에도 모르셨다고,

너무 행복하다고 하신다.
아버지와 이런 저런 이야기를 나누고 싶어서
함께 여행하자고 말씀드린 거라고 했다.

그렇게 지나간 이야기를 기내에서 두런두런 나누며
차츰 아버지와 편안해져가는 나를 느끼게 된다.

드골공항에서 시내로

11시간의 비행을 마치고 우리는 샤를드골공항에 도착했다.
짐을 찾고 파리 북역으로 가기 위해 RER 열차에 올랐다.
자리를 잡고 앉으니, 열차가 파리를 향해 움직인다.

시차로 인해 몽롱한 느낌이 무럭무럭 올라오는 즈음에
어느 역에서 열차 문이 열리고 한 여자가 걸어들어왔다.
그녀는 그 칸의 중앙, 우리 앞에 우뚝 서더니 갑자기
노래를 부르기 시작한다.
노래가 끝나자 그녀의 일, 구걸을 시작한다.
열차 안 분위기는 살짝 불편한 분위기다.
열차 안 대부분의 사람들이 차창 밖을 바라보며
외면하고 있다.

그다지 그녀 일의 결과가 신통치 않은 듯해 보였다.

잠시 후 어디서 나타났는지 경찰 세 사람이 그녀를 포위한다.

그러곤 한참을 뭐라 뭐라 하더니 벌금 고지서 같은 것을

떼어주고는 다른 칸으로 사라졌다.

나는 살짝 졸음이 올라오는 중에 느닷없이 일어난 일을

바로 앞에서 보게 된 것이다.

경찰이 떠나고 눈에 눈물을 글썽이는 그녀의 눈과

내 눈이 마주쳤다.

살짝 민망하고 멋쩍은 침묵이 흐르고 난 뒤 나는 주머니에서

20유로 지폐 한 장을 꺼내 그녀에게 건넨다.

그녀가 눈물을 훔치다 말고 환하게 웃는다.

그 모습을 어버지는 옆에서 말없이 바라보고 계신다.

"저렇게 울면서 기차에서 내리면, 마음이 무거울 것

같아서요."라고 상황 설명을 한다.

아버지가 말없이 웃으신다.

작은 친절이지만 아버지가 흐뭇해하시는 것을 알 수 있었다.

기억 속 내 아버지는 가족에게는 불친절한 분이셨지만

다른 분들에게는 늘 웃고 친절한 분이셨다.

문득 어릴 적 아버지가 다른 분에게 친절을 기꺼이 베푸시던

기억 하나가 떠올랐다.

내 고향은 평택이다.
집 근처에 통복천이라는 안성천으로 흘러들어가는
지류 하천이 하나 있었다.
비가 계속해서 내리던 어느 장마철, 아버지는
꼬맹이인 나를 데리고 아버지 친구들과 물고기를 잡아
매운탕을 해먹으려고 냇가에 그물을 치고 있었다.
계속된 장마로 개울물은 엄청나게 불어 급류로 흐르고 있었다.
개울 위에 자리하고 있는 집들까지
물이 넘치기 일보 직전이었다.
우린 급류 가장자리에서 그물을 치며 물고기를 잡고 있었다.

그때 갑자기 날카로운 여자의 비명소리가 들리며,
급류에 무언가 떠내려오는 것이 보였다. 사람이었다.
상류 쪽에서 아이가 발을 헛디뎠는지
급류에 떠내려오고 있었던 것이다.

갑자기 옆에 있던 아버지가 급류로 몸을 던진다.
아버지는 아이를 향해 헤엄쳐가고 있었다.
내 눈앞에서 벌어진 순식간의 일이었다.
나는 그때 아버지가 죽는구나, 하고 생각했다.

잠시 후 아버지가 아이를 건져서 나온다.
내 아버지는 참 용감한 분이구나,
어려움에 처한 사람을 위해서 기꺼이 친절을 베푸는 분이구나,
그때 아버지가 자랑스러웠다.

그런 생각을 하다보니 어느덧 입가에 미소가 지어진다.
그래 나에게도 아버지를 자랑스러워했던 때가 있었구나.
함께 여행하니 오랫동안 잊고 살았던 기억이 다시 살아난다.

그렇다면, 아버지는 내가 자랑스러웠을 때가 있으셨을까?
그런 순간이 기억나지 않는다. 미안한 마음이 올라온다.
아버지에게 아들이 자랑스럽다고 자랑하실 일 하나
만들어드리지 못한 놈이 아버지에게
늘 이래야 하고 저래야 하고 그래야 한다며,
대단히 부족한 아버지로 규정짓고 미워하며 살아왔구나 싶다.

페헤라쉐즈 공동묘지에서

이른 아침 눈을 떠 아버지와 서둘러 아침을 먹고
호텔을 나선다.
아침 일찍 고요한 페헤라쉐즈 공동묘지 분위기를
보고 싶은 마음에서다.

이탈리아에는 이런 인사말이 있다.
'메멘토 모리', 죽음을 기억하라는 말이다.
아버지와 파리에 오기 전, 갈까 말까를 망설이던 순간에
아버지의 죽음을 떠올려보았다.
내 아버지가 언젠가는 죽음을 맞이할 것이고
(혹은 내가 먼저 떠날 수도 있지만)
아무튼 그때의 나는 어떨까?

후회하겠지, 용기내볼걸, 아쉽고 아프겠지….
다시는 못 올 순간에 대한 체념, 그리고 미안함을
가슴에 안고 평생을 살겠지.
그래 그럼 지금 전화하자. 더 늦기 전에 바로 지금….
그렇게 수화기를 들게 된다.

"아버지 저랑 파리 가실래요?"

세 달 가량을 망설이다 그 간단한 한 문장을
용기 내어 말해본다.
죽음보다 더한 삶의 동기가 있을까?

파리 11구에 위치한 유명한 공동묘지 '페헤라쉐즈'를 찾았다.
아침 일찍이라 사람이 별로 없다.
고요하고 자기 성찰적인 아침 공동묘지의 이 분위기가
나는 좋다.
비슷한 이유로 미술관을 찾는 것 같다.

이곳 페헤라쉐즈에는 내가 좋아하는 샹송가수
에디뜨 피아프가 잠들어 있다.
서울에서 그녀의 목소리를 들으면 파리가 떠오른다.

파리에서 그녀의 노래를 들으면 내가 진짜 파리에 있음을
알게 된다.
그녀의 목소리에는 파리를 파리답게 만들어주는,
파리의 기운이 흐른다.
나를 나답게 만들어주는 기운이 내 목소리에 흐르고 있는지
생각해본다.

이름 모를 이들이 잠들어 있는 이 묘지 저 묘지 사이를 걷다가
아버지와 나는 한 묘지 앞에 발걸음을 멈춘다.
한 남자가 누워서 먼저 떠난 아내의 얼굴을 들어
바라보고 있는 조각의 묘지….
이분은 얼마나 아내를 그리워했으면 죽어서도 바라보면서
살고 싶었을까?

사랑이란 뭘까?
죽음의 순간에도 누군가를 그리워하게 될까?
아버지는 한참 그 앞에서 조용히 서 계신다.
무슨 생각을 하시는 걸까? 궁금했지만 묻지 않았다.
아마 아버지의 두 번째 아내(지금의 새어머니)를
떠올리지 않으셨을까? 이런 생각이 스친다.

오랑주리

지오디의 노래가 생각난다.

아버지는 미술관이 싫다고 하셨어.
아버지는 미술관이 싫다고 하셨어.

아버지는 미술관에 안 가시겠다고 한다.
가보신 적이 없어 불편하신 모양이다.
싫다고 하시는 아버지를 억지로 끌어,
미술관 '오랑주리' 에 왔다.

모네의 수련 대작을 전시하기 위해 오렌지 온실이 있던 자리에
지어진 멋진 미술관 오랑주리는 파리에서 내가

제일 좋아하는 미술관이다.

이곳에 오면 왠지 모를 기운을 느낀다.
매번 파리에 올 때마다, 나는 비즈니스 미팅을 하기 전
아침 일찍 문을 여는 오랑주리에 와서 기운을 받고,
미팅에 나간다.
일종에 내 Biz ritual(의식)이다.
그러고나서 미팅을 하면 일이 잘 풀린다는 것을
경험으로 알고 있다.

자연 채광으로 천장에서 쏟아지는 빛의 양으로
작품의 느낌을 시시각각 다르게 표현해주는 이 미술관은
정말 쿨하다.

아버지와 이 멋진 미술관에서 한 일은
그냥 한 바퀴 둘러보는 것이다.
그냥 이곳에 우리가 와있다는 것 자체에 의미를 두고
최대한 오래 있어야겠다는 의도를 가지고 이곳에 왔다.
이 신성한 공간에 아버지와 내가 물리적인 시간을
함께 나눌 수 있다는 것 자체가 나에겐 의미 있는 일이다.

로댕 미술관

파리 7구 센강 남쪽 앵발리드 옆에는 로댕 미술관이
자리하고 있다.

나는 로댕이란 사람을 잘 모른다.
단지 내가 알 수 있는 것은 그가 만든 대리석과
청동 작품들에 남아 있는 섬세하디 섬세한 그의 흔적들,
살아서 빈센트 반 고흐와는 달리 부유한 생활을
누렸다는 이야기, 24살 차이의 연인 까미유 끌로델과
사랑을 나누었다는 이야기, 이 세 가지 펙트만을 알 뿐이다.
그 세 가지 펙트의 이유로 나는 로댕이 마음에 든다.
짧은 생애를 살아가면서 일과 사랑에 미친듯이 올인하며
뜨겁게 살았던 사람, 로댕.

그러면서 부유함도 누렸다고 하니
그는 참 스마트한 예술가였다.
내가 원하는 삶의 모델이기도 하다.
일과 사랑, 그리고 돈. 나는 그 세 마리 토끼를 쫓기 위해
지구별에 온 것이 아닌가 생각한다.

그런 삶을 살았던 위대한 한 예술가 로댕, 파리에 올 때마다
내가 꼭 들르는 곳 중에 하나가 로댕 미술관이다.
오늘은 아버지와 이곳을 찾았다.

로댕 미술관을 찾는 또 다른 이유 중 하나는 파리지엥들도
자주 애용하는 정원의 카페테리아 때문이기도 하다.
이곳 카페테리아에서 만들어주는 파이와 샌드위치,
그리고 디저트는 합리적인 가격에 아주 맛이 좋다.
로댕 미술관 내부를 휘익 둘러본 후에 정원으로 나와
산책을 하다가 이곳에 자리를 잡았다.
낮술을 한 잔 하기 위해서다.
버섯파이와 스프, 그리고 맥주를 주문했다.
느긋하게 야외의 카페테리아에서 아버지와 맥주를 마신다.

햇살이 우릴 뜨겁게 비추고,
어느새 우리 얼굴도 빨갛게 익어가기 시작한다.

로댕 미술관 야외 카페테리아에서
간단한 점심과 맥주 한 잔을 할 수 있다는 건,
파리를 음미하는 색다른 재미 거리 중 하나다.

몽마르뜨 언덕에서

몽마르뜨는 파리에 갈 때마다 갈지 말지 망설이는 곳 중에
하나이다.
호객꾼들과 소매치기들의 번뜩이는 눈빛이 그리 달갑지
않은 관계로 혼자 출장 와서 이곳에 오는 경우는 극히 드물다.
하지만 아버지가 몽마르뜨 언덕에 한 번 가보고 싶다고
하신다.

어떻게 경로를 잡을까 생각하다가 비교적 한적하고
예술가들이 자주 갔던 카페들이 있는 언덕 뒤편으로
올라가기로 했다.
약간 피곤한 기색을 보이는 아버지와 몽마르뜨 언덕을
걸어 올라가고 있다.

12호선 Abbesses역으로 나오니 바로 옆 벽면에 온통
전 세계 말로 사랑을 써놓은 일명 '사랑의 벽'이 나온다.
우리나라 말로도 물론 적혀 있다.
이곳을 끼고 언덕 뒤편으로 걸어 올라가면
몽마르뜨의 색다른 맛을 느낄 수 있다.
천천히 걸어 올라가는데 날이 더워서인지 땀이 나기 시작한다.
카페에서 잠깐 쉬고 가기로 했다.
나무 그늘이 햇볕을 가려주는 카페 야외 테이블에 앉았다.
시원한 아이스커피와 콜라를 주문하고 앉아 있는데,
옆 테이블에서 한국말이 들려온다.

"엄마 어디로 갈까?"

한국 분들인데 어머니와 딸, 모녀가 차를 마시고 있다.
우리는 그분들에게 자연스럽게 관심을 갖게 되었다. (예뻤다.)
아버지도 관심이 있는 눈빛이다. (우린 남자니까.)
내가 가서 말을 걸어야 하나 망설이고 있는데
두 분이 일어나 언덕으로 올라간다.
그녀들도 우리에게 호기심이 있었는지 우리 주변을
몇 번 배회하다 언덕 위로 올라간다.
그런 모습을 아쉽게 그냥 바라보았다.

아버지와 아들이 여행와서 어머니와 딸이 여행하는 일행과
만나서 이야기를 나눈다….
이런 상상을 하니 묘한 재미가 스멀스멀 올라온다.
하지만 왜 그랬는지 별다른 말을 걸지는 않고
그냥 그 두 분을 지켜보았다.
그렇게 잠시 스치듯 지나간 인연(?) 을 뒤로하고
우리는 몽마르뜨를 걸었다.
역시나 오늘도 별말 없이….

몽마르뜨 언덕은 예로부터 파리를 중심으로 활동했던
예술가들의 아지트였다.
피카소, 고흐, 몬들리안, 모네, 르느와르, 세잔, 드가,
로트렉 등 수많은 아티스트들이 이곳 카페들에 모여
먹고 마시며 예술혼을 불살랐던 곳이다.

피카소의 아틀리에도 이곳에 자리하고 있었다.
식당 라팽아질(Lapin Agile)은 그의 작품의 무대가 되기도
한 곳이다.
피카소의 절친과 그의 여자 친구가 나오는 이 그림의 제목과
배경이 몽마르뜨의 Lapin Agile(민첩한 토끼) 식당이다.
이 작품의 뒤편에 나오는 악사는 피카소의 친구인데

옆에 있는 피카소의 여자 친구를 짝사랑 하였다.
하지만 그녀에게 사랑을 거절당하자
절망에 휩싸여 자살했다고 한다.
이를 알게 된 피카소가 노발대발 하며 그녀에게
행실을 똑바로 하라고 소리쳤고,
상심한 피카소와 곧 헤어지게 되었다는 이야기가
남아 있다.

예술에 대한 열정으로 엄청난 작품 활동을 한
피카소도 대단하지만,
한 여인에 대한 사랑의 염원을 이루지 못했다고
죽음으로 표현한 그의 친구도 참 뜨거운 사람이었다는
생각을 해본다.

에펠탑

귀스타프 에펠은 파리에서 열리는 제1회 만국박람회를
기념하기 위한 파리시의 기념탑 건립 공사 공모전에
당선된다.
1889년, 120여 년 전에 지어진 에펠탑은 그 당시 흉물스럽다는
이유로 많은 파리지앵들의 지탄의 대상이 되었고
만국박람회가 끝나는 즉시 해체할 예정이었다고 한다.

120년 전에 저런 탑을 만든 귀스타프 에펠과
그것을 바라보고 놀라는 파리 시민들.
두 눈이 동그래지고 두려움이 올라오는 그들의 모습이
그려진다.

에펠탑을 볼 때마다 나는 기존의 눈으로 바라보지 않는
연습을 한다.
120년 전 파리 시민의 눈으로,
난생 처음 보는 눈으로 보려고 노력한다.
비율과 디테일, 그리고 재질과 주변의 어울림을 찬찬히
살핀다.

에펠탑 앞 공터는 해질녘에 돗자리 펴고
와인 마시기 좋은 곳이다.
와인 한 병과 돗자리를 사가지고 에펠탑 앞에
아버지와 자리를 잡았다.
여름의 끝자락이라 아직 후끈한 기운이 지면에서 올라오지만
기울어가는 석양빛을 머금은 에펠탑을 바라보며
와인 한 잔 하는 기분은 정말이지 그만이다.

아버지도 기분이 좋으신가보다. 연신 웃으신다.
더위와 취기에 얼굴이 빨개진다.
아주 한국적으로 다리를 걷어붙이고 본격적으로
와인을 들이켜신다.

지는 노을과 에펠탑, 그리고 빠알갛게 물드는 내 얼굴.

퐁텐블로와 바르비종

파리 에펠탑 근처, 조용한 주거 지역 안에 있는 유명한 한식집
고향식당을 운영하시는 김언중 사장님이 나와 아버지
이야기를 들으시고 꼭 본인이 하루 동행하고 싶다고
하신다.
극구 사양했지만 차를 가지고 오셨다.
교외로 가자시며 퐁텐블로 성과 밀레의 마을 바르비종을
하루 둘러보자고 하신다.
본인 일도 바쁘실 텐데 시간을 내서 우리 부자를
가이드 해주시겠다고, 직접 일정을 잡아 이렇게 나와주시니,
가슴 깊이 감사의 마음이 올라온다.

호텔에서 크루아상과 바게트에 버터와 잼을 듬뿍 발라

아침을 먹고, 파리 외곽으로 나갈 준비를 했다.

김사장님과 아버지가 어색하게 첫인사를 나누시고,
우리는 함께 김사장님 차에 올라 파리 외곽으로 나가는
고속도로를 탔다.
김언중 사장님이 먼저 말을 꺼내신다.
나와 아버지 이야기를 듣고 참 멋진 여행이라고
생각하셨단다.
본인은 아버지가 이미 돌아가셔서 이런 여행을
다시는 할 수 없게 되었다는 이야기와
지금 고등학생인 아들과의 갈등 이야기를 살짝 하신다.
사춘기 아들의 반항과 아버지의 불만과 노여움이
살짝 느껴졌다.
나도 이야기를 보탠다.
나이를 먹으면 아들이 용기를 내야 한다고,
아버지에게 먼저 손을 내밀어야 한다고 거들었다.
김 사장님이 말없이 웃으신다.

이런 저런 이야기를 나누다보니 어느덧 퐁텐블로에
도착했다.
퐁텐블로 성과 정원은 유네스코 세계문화유산으로
지정될 만큼 아름답고, 역사적 문화적으로

가치를 인정받는 곳이다.
중세부터 나폴레옹 3세까지 역대 왕들과 귀족들의
사냥 놀이터로 이용됐던 이곳은, 사냥하는 동안
머물 숙소가 필요해 성과 정원이 지어졌다.

마리 앙투아네트의 흔적들도 성에 남아 있고 1814년에는
나폴레옹이 이곳에서 퇴위 조건을 담은 '퐁텐블로 조약'에
서명하고, 군대를 떠나는 고별식을 한 이후에
엘바섬으로 추방되기도 하였다.

성의 이곳저곳을 둘러보고 우리는 정원으로 나와
산책을 시작했다.
햇살이 너무 밝아 그림 같은 정원 풍경을 만들어낸다.
나무 사이로 쏟아져 내리는 햇살, 빛과 그림자 사이로
우리 세 남자는 말없이 걸었다.

돌아오는 비행기 안에서

"미안하다 신이야, 너에게 관심 갖고 표현해 주고 싶었는데,
그렇게 못 해줘서 너무 미안하다."

아버지가 하염없이 우시면서 나에게 고백하신다.

"아버지, 괜찮아요.
아버지가 내 아버지이신 것만으로도 제겐 충분합니다.
아버지 덕택에 제가 여기 있잖아요. 고맙습니다."

나도 하염없이 흐르는 눈물을 훔치며 아버지 손을 잡았다.
나는 어버지를 이해한다.

내 아버지는 공주에서 20킬로 정도 더 들어가는 산골
사곡면 가교리에서 태어나서 거기서 자라셨다.
1944년 가난한 집안의 7형제 중 셋째로 태어났으니,
먹을 것도 넉넉지 못한 어린 시절, 얼마나 치열하게
살아 오셨을까 생각해본다.
6.25 전쟁 때 피난도 가고, 전후 힘든 상황에서 어린 시절을
보내셨으니 부모님의 따듯한 말과 관심보다는
치열함 속에 살아남아야겠다는 야생의 삶을 살아오셨으리라.

이때의 아버지들은 비극적인 시대적 상황 속에서
비슷한 질곡의 삶을 사신 것 같다.
내 아버지의 아버지에게서 받은 것 없이,
보고 듣고 교육받은 것 없이 살아오셨는데,
자식에게 자식이 원하는 대로 관심을 보이며 그렇게
표현한다는 것은 불가능한 일이다.

하지만 그런 가난함(가족 간의 정서적 표현의 빈곤)은
내 대에서 끊는다.
왜냐하면 나도 이제 어른이 되었기 때문이다.
부모에 대한 원망이나 기대 속에 사는 것은 정신적 미숙아들
(요즘 주변에 이런 분들이 아주 많다.)이 하는 행동이라고
생각한다.

내 삶은 너무나 아름답고 가치 있는 순간들이기 때문에
단 1초도 그런 일에 인생을 허비하고 싶지 않다.

일주일 간의 짧은 여행을 마치고 돌아오는 비행기 안에서
우리 부자는 그렇게 이산가족 상봉 때와 같은 뜨거운 눈물을
흘리며 가슴속 깊은 이야기들을 쏟아냈다.
삶의 기적이 있다면 이것이 아니고 무엇이랴.
오래된 가족 내의 상처를 눈물로 승화하고, 치유하고
회복하게 하는 일.
슬픔을 기쁨으로, 미움을 사랑으로 바꾸는 연금술.

여행은 이처럼 어떻게 하느냐에 따라 삶의 엄청난 변화를
이끌어 낼 수도 있다는 것을 경험으로 알게 되었다.
그래서 나는 내가 하는 일, 여행업이 좋다.

7부

여행
일을
한다는 것 2

파리에 물들다

아버지와의 파리 여행 이후에 내 삶에는 수많은
변화의 바람이 불었고, 지금도 불고 있다.
그날 이후로 모든 것들이 변해가고 있다.

파리에서 아버지와 함께 걸었던 장소, 아버지와 함께 맥주
한 잔 했던 카페, 함께 밥을 먹었던 레스토랑, 함께 구경했던
장소, 산책했던 곳, 미술관, 이런 곳들을 지도로
만들어보고 싶다는 생각이 들었다.

마침 내가 홍익대학교 문화예술경영 MBA대학원에 다니던
시절이라, 대학원 동기 최영신씨의 도움을 받아 홍익대
산업디자인학과 학부생들(김민욱, 이행갑, 최윤정, 김동은)의

avenue des champs-élysées

도움을 받게 되었다.
우리는 세 달을 꼬박 매일 밤 모여, 늦게까지
졸린 눈을 비벼가며 작업을 했다.

파리 지도의 목표는 하나였다.
지금까지 지구별에 없던 탁월하고 월등한
파리 여행 지도를 만들어보자.
나와 아버지의 이야기를 비벼서
진정성 있는 지도를 만들어보자는 것이었다.
그렇게 지금까지 나온 파리 여행 지도 중 으뜸인
파리 문화 예술 지도 '파리에 물들다' 는 세상에 나오게 된다.
계속해서 업데이트 되어나가는 이 무료 파리 지도는
벌써 5년째 접어들고 있다.
파리에도 없는 지구별 최고의 파리 지도.

아버지와 함께한 장소들을 넣어 표시하고
그 위에 문화 예술적인 코드를 넣어서 전혀 새로운 차원의
지도를 만들었다.
이 지도는 나와 아버지의 여행 흔적이 묻어 있는 지도다.
아버지와 함께 파리를 걸으면서 함께한 곳들
(미술관, 카페, 시장, 산책로 등)을 꼼꼼히 정리하여 만든
지구별 최고 수준의 파리 여행 지도다.

지도를 볼 때마다 아버지와 함께 파리를 걸으며 이야기 나눈
순간들을 떠올린다.
지도를 바라볼 때마다 입가에 미소가 감돌고
따듯한 기운이 올라오는 것을 느낀다.

2013년 5월 파리 지도를 출시한 이후로 운영하던 여행사에도
큰 변화가 있었다.
가장 큰 변화는 파리와 관련된 여행 매출이
품목별로 2배에서 10배까지 급성장했다는 것이다.
대중의 기대를 넘어서는 여행 콘텐츠를 만들어내는 일은
여행업을 준비하거나 현재 운영하고 있는 분들이
반드시 준비해야 하는 일이지 않을까 생각한다.
그 중에 지도는 아주 효과적인 콘텐츠다.
"지도는 돈이자 권력이다."라는 말처럼 지도는
이미 옛날 서양의 탐험가들과 권력자들로부터 전해져온,
오래된 미래의 나침반 같은 정보다.

'파리에 물들다' 무료 지도를 배포한 지 3년째인 2015년 8월
로마를 새롭게 해석한 로마 맛지도 '로마의 휴일'을 새롭게
여행 시장에 내놓게 되었다.
파리 지도를 처음 내놓았을 때의 반응과는 사뭇 다르게
로마 지도의 신청이 엄청나게 폭주하였다.

1일 1000부 이상의 지도 신청이 들어왔다.

예상하지 못했던 결과다.

시장에서 기대 이상의 여행 콘텐츠, 특히 테마가 있는 지도가

가진 힘은 엄청나다는 것을 알게 된다.

지도는 사랑이다

나를 위한 최고의 파리 지도를 만들었다는 생각을
할 때마다 내 입가에는 미소가 지어진다.
이 지도에는 나와 어버지의 여행 추억과 사랑이 담겨 있다.
다른 이의 이야기가 아닌 바로 내 아버지와 나의 이야기,
그런 DNA를 가진 지도, 멋지지 않은가!
지도를 통해 아버지와 나의 영혼이 계속해서 누군가에게
흐른다는 생각을 하게 된다.

우연히 EBS 채널에서 지도에 대한 프로그램을 본 적이 있다.
초등학교 아이가 그린 지도인데, 불량배에게 매번 걸려서
돈과 물건을 빼앗긴 초등학생의 이야기가 담긴 지도다.
그 아이는 다른 아이들이 같은 일을 안 당했으면

하는 마음에서 속칭 삥을 뜯기지 않는 등하교 루트를
지도로 만들어 그 학교 학생들에게 뿌렸다고 한다.
이 지도는 빅히트를 쳐서
모든 학생들이 이 지도를 참고하게 된다.
그 어린 학생의 지도는 바로 사랑이었다.
나는 이런 일을 당했지만 다른 사람들은 그렇지 않기를
바라는, 따듯한 마음…, 지도는 바로 사랑이다.

그런 마음으로 오늘도 무료로 파리 지도를 만들고 있다.
만약 불편한 관계의 아버지와 아들이 파리 여행을 한다면
어떤 지도가 필요할까?
너무 은유적인가.

관광, 빛을 보는 일

관광(觀光), 즉 여행은 빛을 보는 일이다.
여행은 낯선 곳에서 새로운 빛을 보고, 다시 원래의 자리로
돌아와 일상을 새롭게 재조명하는 역할을 하고 있다.

루소는 18세기부터 파리를 중심으로 계몽주의 사상을 펼쳤다.
계몽주의는 현대 민주주의의 기반이 된 사상이며,
프랑스 대혁명을 이끈 근간이기도 하다.
계몽주의를 영어로 하면 Enlightment, 불어로는 Lumieres이다.
해석을 하면 빛을 밝힌다는 의미로
이때부터 파리가 빛의 도시로 불렸다.

지구별에서 궁극의 관광 도시는 어디일까?

바로 파리다.
파리에서의 여행은 새로운 빛, 궁극의 문화 예술의 빛을
보는 일이다.

Changing Place
Changing Time
Changing Thought
Changing Future

베니스의 구겐하임 미술관 한 모퉁이 벽에 상시 전시되어 있는
네온 작품이다.
미래가 변화되기를 원한다면 첫 번째로
장소를 바꾸어야 한다는 말이다.
변화의 시작은 장소 이동, 그것은 바로 여행이다.
지금의 익숙하고 편안한 곳에서 벗어나
새로운 곳으로 떠나보자.

여행이 삶을 변화시킬 것이다.
여행은 미래를 변화시킬 것이다.

우리는 모두 새로워지기를 바라고 열망하고 있다.
아름다움을 넘어 새로움이 의미 있는 시대를 살고 있다.

깊은 곳으로 들어가자

바다의 깊이를 재어보기 위해 바다로 들어간
라마크리슈나의 소금인형처럼 무언가를 알고 싶다면
깊은 곳으로 들어가야 한다.
삶을 알고 싶다면 우리 삶의 깊은 곳으로
들어가봐야 한다.
삶의 언저리, 얕은 곳에서 맴돌다 갈 수는 없지 않은가….

여행업을 알고 싶다면 여행 시장의 좀 더 깊은 곳으로
들어가야 한다.
올해로 20주년을 맞이한 WTM (World Travel Mart)이
런던에서 개최되었다.
세계 최대의 여행업 박람회인 WTM에 올해에도

수많은 온/오프라인 여행사, 렌트업계, 항공사, 여행사,
교통회사, 관광청들이 저마다의 색깔과 맛, 향기, 꿈을
가지고 참석했다.
올해로 7년째 이 박람회에 참석하고 있다.
매년 WTM이 끝나고 나면 내 마음속에 이런 질문이 남는다.

'여행업의 더 깊은 곳으로 들어가봤어?
너는 아직 모를 뿐이야.
그러니 더 들어가봐야 하지 않을까?'

언뜻 보면 너무나 다양한 업체들이 참가하고,
수많은 여행업 관련 사람들이 북적대는 전시장이
정신없고 뭐가 뭔지 모를 수도 있다.
하지만 자세히 보면 한 가지 법칙이 있다.
세계 여행 시장의 변화에 발맞추기 위해,
저마다 수많은 나라와 회사들이 끊임없이 변해간다는 것이다.

한편으로 변하지 않는 곳이 있다. 바로 한국관이다.
이 전시회장의 한 편에 마련된 한국관을 7년째 바라보면서
왠지 씁쓸한 미소를 짓게 된다.
지난 7년 간 내가 보아온 한국관은 변하지 않았다.
거기에 참가한 사람들의 표정, 옷차림, 부스의 모양,

참가 업체 등등 예나 지금이나 그대로이다.

거기에 참가한 주변의 다른 아시아 국가들의 전시 공간,

사람, 업체들이 매년 바뀌어가고,

점점 열기를 더해가는 것을 바로 옆에서 눈으로 보아오면서도

끄떡도 하지 않는 것이다.

이미 마비가 되었다는 이야기다.

남이야 어떻게 하든 말든 관심이 없다.

참가하는 데 의미를 둘 뿐, 좀 더 깊은 곳으로 들어가보려는

노력은 포기한 지 오래다.

우리는 여행업의 얕은 언저리에서 불평 불만만 하다가

갈 수는 없다.

좀 더 깊은 곳으로 들어가야 한다.

또 여기서 포기할 수도 없는 일이다.

지금 여행객의 마음속 좀 더 깊은 곳으로 들어가보아야 한다.

거기에 시장은 존재하고, 거기에 여행업의 현재와 미래가

존재한다.

일어난 일에 순응하기

잘산다는 건 어떤 의미일까?
요즘 내 자신에게 자주 던지는 질문이다.
내 나름대로 잘사는 것에 대한 대답을 해본다면,
내 삶에서 일어나는 일들에 대해 좋든 싫든 다 하면서 사는 것,
그리고 이미 일어난 일에 '예' 하고 받아들이며
사는 것이라고 정의해본다.
최선을 다해서 살고 '예' 한다는 것, 쉬운 말 같지만
이것은 말이 아닌 행동이다.
그런 삶의 태도는 자연스럽게 복을 가져다준다.

나에게 있었던 일이다.
2014년 봄, 유럽 건축 여행을 기획하고 있었는데,

의뢰를 하신 '살림마을' 의 장길섭 선생님이
독일 본 근처에 있는 피터 줌터(Peter Zumthor)의 건축물
'클라우스 형제 교회(Bruder Klaus Field Chapel)'를
보고 싶다고 하신다.
이 예배당은 피터 줌터가 이 땅의 주인인 농부의 요청을
받아들여 허허벌판 위에 지은 것이다.

아트 투어를 기획 진행하면서 꼭 사전 답사를 혼자
다녀오게 된다.
그렇게 해야 여행의 디테일이 살고, 진행이 매끄러워지며,
좀 더 풍성한 이야기를 전달할 수 있기 때문이다.
독일의 교육 도시 본에서 차로 50분 가량 떨어진 거리에
위치한 이 예배당으로 가기 위해 렌터카를 빌렸다.
이번 여행은 부산에서 호텔포레를 운영하는 신재원 이사가
동행하였다.
차에 있는 네비게이션으로 이리저리 찾아보았으나
찾을 수가 없어, 구글맵으로 확인하고
대략 그 근처 마을에 가서 물어보기로 하였다.
마을에 도착해 주유소에서 동네 사람에게 이 예배당을
찾아왔다고 이야기했다.
처음 듣는다는 표정이다.
그분은 여기가 어디인지 모르겠다고 하며 다른 분을

소개시켜준다.

그분도 한참을 이리저리 생각하더니 여기가 아마 거기인 것
같다는 말을 한다.

그렇게 힘겹게 물어서 찾아갔다.

이 예배당은 내가 가는 방향의 도로에서 보이지 않았고,
자그마한 농로를 따라 조금 들어가다보면 멀리
벌판 한가운데에 나타난다.

역시 찾아오기 쉽지 않은 곳이다.

농로는 작고 좁아서 버스가 들어올 수 없고
작은 차만이 들어갈 수 있다.

한참을 헤매다 이 예배당을 찾아 도착 할 때쯤에는
해가 뉘엿뉘엿 지는 황혼녘이었다.

마음이 급해진다.

예배당 앞쪽에 차가 한 대 대어져 있는 걸 보고 그 뒤에 차를
서둘러 대고는 부랴부랴 달려서 예배당으로 움직였다.

그때 예배당에서 70대로 보이는 나이 드신 부부와
노인 한 분이 걸어나오다 나와 마주쳤다.

인상이 좀 괴팍해 보이는 한 노인이 다짜고짜 나에게
누가 차를 저기다 대라고 했냐고, 다그쳐 묻는다.

자기 차 뒤에 내 차를 댄 것인데 딴지를 거는 것이다.

잠시 망설였다.

시간도 없고 해서 그냥 무시하고 그 예배당을 둘러볼 것인가

아니면 '예' 할 것인가?

잠시 생각을 한 후 나는 '예' 하기로 결정했다.

나는 한국에서 왔고 시간이 없어서 저곳에 주차를 했다고

설명하고, 그러면 어떻게 하면 되겠느냐고 물었다.

그러자 그 노인은 저기 아래 400미터 가량 내려가면

농가 주차장이 있는데, 거기에 대고 올라오라고 한다.

해는 지고 있고 시간은 별로 없고 참 난감한 상황이었다.

노인이 조금 야속하게 느껴졌다.

하지만 알겠다고 말하고 차를 몰고 그곳으로 내려가

신 이사에게 차를 주차하게 하고, 400미터를 전력질주로

뛰어 올라왔다.

멀리 예배당 앞에서 그 노인이 나를 바라보고 있는 모습이

보인다.

숨을 헉헉 몰아쉬며 예배당 앞에 도착하자 이 노인이

그제서야 씨익 웃으면서 물어본다.

너는 어디서 왔느냐고, 그리고 이곳에 왜 왔느냐고….

이래저래 자초지종을 설명하였다.

나는 한국에서 왔고, 피터 줌터 건축을 좋아해 이 건축물이

한 농부의 의뢰로 이곳에 지어진 것이

참 의미가 있는 것 같아 찾아왔다고 말했다.

그렇게 말을 하니 그 노인은 가만히 웃으며 나를 바라보다
말을 한다.

"내가 바로 그 농부야."

그러고는 나를 예배당 안으로 데리고 가서
이 예배당에 대한 이야기를 들려준다.

클라우스라는 성인을 기억하고 기념하는 모임의
장을 맡고 있는 이 농부는 평소 좋아하던 피터 줌터라는
최고의 건축가가 가까운 쾰른에 콜룸바 뮤지엄이란
박물관을 건설하고 있다는 소식을 뉴스를 통해 보았다고 한다.
그래서 그는 즉시 피터 줌터에게 자기 땅에 클라우스 성인을
기리는 예배당을 건설해주기를 청했고,
피터 줌터가 이를 받아들이면서 예배당을 짓게 되었다고 한다.

참 특이한 구조의 예배당이었다.
좁고 가느다란 휘어진 통로 안은 마치 동굴과도 같았고
그 끝에 하늘이 뚫려 있는 자그마한 예배 공간이 나온다.
벽은 검게 타 그을려 있었다.
그 농부에게 한 달 후에 다시 내 친구들과 이곳에 올 예정인데
나오셔서 가이드를 해주실 수 있겠냐고 물었다.

그러자 그 농부는 흔쾌히 해주겠다고 웃으면서 답을 한다.
그렇게 그는 한 달 후 건축 여행 단체 35명의 여행객을
다시 이곳에서 웃음으로 맞이해주었다.
직접 설계 도면과 건축 과정을 찍은 사진을 가지고 나와
자세한 이야기까지 들려주었다.
여행객들은 그 농부의 이야기를 통해 깊은 인상을 받았다고
한다.

만약 그때 내가 '예' 하지 않았다면 이런 행운은 절대
없었을 것이다.
하나의 사례를 이야기하는 것이지만
많은 내용을 함축하고 있다고 생각한다.
일어난 일에 '아니오'를 외치며 후회하고 저항하는 순간부터
불행은 시작되며 만사불통으로 고통받게 된다.
만사형통은 일어난 일에 저항하지 않고 순응하며 '예'
했을 때 일어나는 자연스러운 결과라는 걸
경험으로 알게 된다.

8부

여행,
예술이
되다

오랑주리, 영혼이 반응하는 곳

2009년으로 기억된다. 콩코드 광장을 지나가는 길에 문득
오랑주리라는 미술관에 한번 가볼까 하는 생각이 들었다.
이건 혁명이다.
내 발로 혼자 미술관에 걸어 들어가다니….
장길섭 선생님의 '살림마을'에 다녀온 이후
나에게 찾아온 가장 큰 변화다.

공간이 들어오고, 색이 들어오고, 그 공간과 색 앞에 있는
사람들이 눈에 들어왔다.
뭔가 이상했다.
이건 갱년기 호르몬 문제인가?(그러기엔 나는 너무 젊었다.)
아니면 도킨스가 말한 뭐(이기적 문화유전자)이

돌연변이를 일으켰나?
뭔가 이상했지만 그날 이후 내 몸은 미술관 쪽으로
끌려가고 있었다.

오랑주리 미술관(Musée de l' Orangerie)은 모네의 수련 대작을
전시하고 있는 미술관이다.
오렌지 온실이란 의미로 예전에는 겨울철, 루브르 궁전에
오렌지나무를 보호하는 온실로 사용되었던 곳이다.
1927년에 개관한 이 미술관은 클라우드 모네의 요청을
파리시에서 받아들여 '수련(Water-lily)' 연작을
전시하기 위해 만들어졌다.
이 미술관은 2개의 타원형 전시 공간에 위에서 떨어지는
자연 채광과 모네의 수련 작품이 절묘하게 조화를 이루는
미술관이다.
처음 이곳에 발걸음했던 그 순간을 기억한다.
자연 채광으로 위에서 은은하게 쏟아져 내리는 빛의 분자들
사이로 모네의 대작 수련이 타원형으로 전시가 되어 있다.

가만히 지켜보고 있었는데, 순간 어질어질한 현기증을
느끼고 몽환적인 느낌을 받았다.
작품을 보면서 이런 느낌을 받을 수 있다는 걸
그때 처음 알게 되었다.

그러면서 그 순간 내 몸이 이 공간을 좋아하고 있고
그렇게 반응하고 있다는 걸 알게 되었다.
그때의 느낌은 가슴이 뛰고, 떨어지는 빛과 작품의
넘실거림이 느껴지고, 공간이 주는 조화로움이 나를
사로잡았다고 표현하는 것이 가장 가까운 표현일 것 같다.

내 몸이 반응한다는 것은 내 영혼이 반응한다는 의미이다.
몸과 영혼이 반응하는 그곳이, 바로 여기가 나를 위한
성지구나라는 생각이 들었다.
그때 이후, 나는 파리에 갈 때마다 늘 성지 순례를 한다.
오랑주리로….

아트 투어를 의뢰받다

2009년 감이 빠알갛게 물들던 늦가을,
'살림마을' 장길섭 선생님에게서 연락이 왔다.
"유럽의 미술관에 가고 싶은데 자네가 기획해주지 않겠나?"

2009년 12월 엄청난 폭설이 내려 서울 시내가 온통
새하얗게 마비되던 그날,
길담서원의 박성준 선생님에게서 연락이 왔다.
"죽기 전 마지막으로 유럽 아트 여행을 가고 싶은데
가능하겠습니까?"(79세 선생님은 지금도 팔팔한 청년이시다.)

난 단지 미술관에 간 것뿐인데, 어느 날부터인가 나에게
아트 여행 문의가 들어오고 있었다.

미술관은 성지다

어떤 도시에서든 내 몸과 영혼을 위한 휴식처이자 성지는
미술관이다.
그곳에 몸을 놓아두면 편안함과 설렘이 함께 올라온다.
미술관이 좋은 이유 중 하나는 고요하고 자기 성찰적인
공간이기 때문이다.
어찌 보면 예배당이나 공동묘지의 분위기와도 닮아 있다.

시끄러운 도시의 소음과 분주한 사람들의 움직임,
쉴 새 없이 깜박이는 광고 조명 속에서 이런 고요한 공간에
나를 놓아두는 일은 참 의미 있는 일이다.
언젠가부터 파리에 가면 나는 미술관으로 향하고 있었다.

이 도시에 있는 수많은 미술관 중에 가장 나를 끄는 미술관은
오랑주리, 오르세, 로댕 미술관이다.
그리고 그 미술관들 아래로 흐르는 센강의 강변 도로를
산책하는 것을 좋아한다.
아버지와의 파리 여행에서도 이곳을 거닐었다.

이 공간들이 있어 나는 파리가 참 좋다.

ICI REPOSE

VINCENT van GOGH

1853 – 1890

ICI REPOSE

THÉODORE van GOGH

1857 — 1891

라면 맛이 어때요

아트 투어를 통해 다양한 사람들을 만나게 된다.
영성가, 건축가, 세무사, 에디터, 갤러리, 국어 선생님,
심리치료사, 작가, 음악가, 변호사, 의사, 연예인 등등….
너무나도 다양한 자기 일을 하는 멋진 사람들을,
여행을 통해 만날 수 있다는 것은 전생에 나라를 두 번 정도
구해야 가능할 정도의 커다란 행운이다.

한 번은 30대의 젊은 여성 한 분이 아트 투어에 함께하게
되었다.
만만치 않은 가격의 아트 투어에 젊은 분이 자기 돈을 내고
오기란 쉽지 않은 일이다.
호기심이 일었다.

나 : 무슨 일 하세요?

그녀 : 라면 맛이 어때요?

나 : 네? 라면이요?

그녀 : 네, 라면 맛이요.

나 : 아! 네, 맛있죠.

그녀 : 예나 지금이나 변함없는 맛인가요?

나 : 네? 아~ 네 그런 것 같아요….

그녀 : 코코아 맛은요? 코코아 맛이 어때요? 예나 지금이나
변한 것 같아요?

나 : 아 코코아요! 맛있죠! 예나 지금이나 변하지 않은 것
같아요.

그녀 : 전 맛이 변하지 않게 하는 일을 해요.

그녀는 맛에 대한 미각 컨설팅 회사를 하고 있다고 했다.
사람들의 입맛은 나라에 따라, 세대에 따라, 계절에 따라,
온도에 따라, 어제 먹은 음식에 따라 조금씩 변해간다는 것이다.
그녀는 그 조금씩 변해가는 사람들의 입맛을 지역에 따라,
나라에 따라, 계절에 따라 찾아내서 그 데이터를
식음료 회사에 제공한다.
그러면 의뢰한 회사는 그 자료를 근거해서 언제 어느 때
라면을 끓여 먹어도 언제나 이 라면은 변함없는 '이 맛이야

~'를 만들어내기 위해 재료를 시즌별 나라별
지역별로 조금씩 바꾼다고 한다.

놀라운 일이었다.
바뀌지 않아야 할 가치를 위해, 늘 새롭게 바꾸어가는 일.
그 이야기를 가만히 듣고, 아트 여행도 그렇게 기획하면
되겠다고 생각했다.

9부

내 삶
어느 곳에
롱샹성당을 지을까

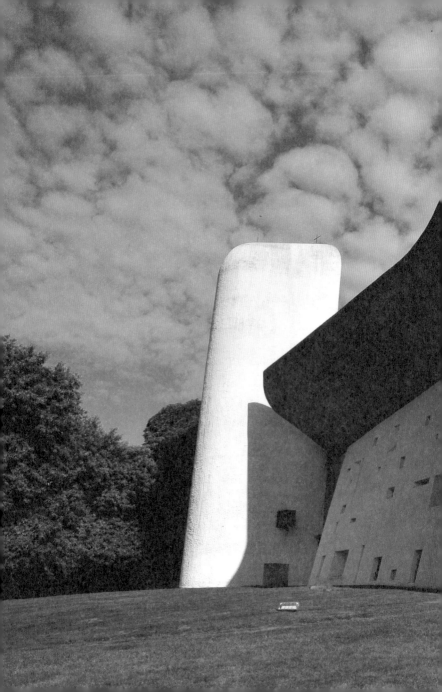

내 삶 어느 곳에 롱샹성당을 지을까

파리의 남동쪽 300km 정도 떨어진 곳에 벨포트(Belfort)라는
조그마한 도시가 자리하고 있다.
이 조그마한 도시에서 지역 열차(regional train)를 타고
20분 가량 들어가면 롱샹(Ronchamp)이란 시골 마을이 나온다.
프랑스와 독일, 스위스의 접경 지대에서 멀지 않은
이 시골 마을 조그마한 산 위에는 성당 하나가 있다.
'롱샹성당'은 현대 건축의 아버지 르 코르뷔지에가 말년에
그의 혼을 콘크리트에 불어넣어 만든 성당으로
20세기 건축의 걸작이다.

2010년에 이 성당을 방문했을 때 받은 전율은 그 이후
매년 두 번 이상 나를 이곳으로 이끈다.

내 삶과 영혼의 바람이 불어오는 곳, 롱샹성당.

근무 시간이 넘었으니 퇴근한다.
퇴근하는데 한 잔만 걸치자고 한다.
한 잔 걸치고 집에 와서 밥 먹는다.
밥을 먹는데 TV에서 이 프로는 꼭 보라고 외쳐댄다.
연예인, 맛집, 스포츠 이야기가 한창이다.
보고나니 졸리다. 졸리니 잠을 잔다.
일어나니 벌써 출근 시간이다.
집들이, 결혼식, 생일 잔치, 동창회, 야유회들로
주말은 평일보다 바쁘다.

이 글은 내 삶의 은인이자 스승이신 장길섭 선생님이 나에게
던지신 글이다.
일상의 관성은 익숙한 편안함으로 우리를 유혹하고
우리네 삶은 종종 그렇게 흘려보내진다.
하지만 강렬한 어떤 것을 만나는 순간, 우리는
일상의 안일함과 게으름, TV를 보면서 잃게 되는 나의
수많은 기회 비용을 알아차리게 된다.

롱샹성당을 처음 만났을 때의 느낌을 내 몸은 기억한다.
등골이 오싹해지고, 머리를 강렬하게 한 대 맞은 느낌.

건물 전체에서 풍겨나오는 설명하기 힘든 기운,
아우라에 압도당해 한참을 멍하니 서 있었다.

아~ 내 삶의 바람이 지금 여기에서 시작되는구나.

그 이후에 내 공간에서 시끄러운 공해 덩어리
TV를 없애버렸다. 누군가 일상을 완전히 벗어나 온전한
나를 만나고, 자신의 일상을 조명해보고 싶다면
롱샹성당에 가보시길 바란다.

이곳을 경험하고 내 안에서 올라온 강렬한 물음은
'내 삶의 어느 곳에 롱샹성당을 지을까?' 이다.
잘 먹고 편하게 사는 1차원적인, 어쩌면 동물적 차원을 넘어
한 사람으로 태어나, 어떻게 살 것인가, 나는 누구인가, 하는
근본적인 물음을 갖고, 처음이자 마지막으로 찾아온
내 삶의 기회를 어떻게 디자인해갈 것인가 하는 생각을
갖게 되었다.

내 삶 위에 롱샹성당을 짓는 계획의 한 걸음으로
지금 이 글을 쓰고 있다.

롱샹성당이 보이는 집

2018년 1월 초 아내인 치하루에게 롱샹성당에 다녀오자고
했다.
언제나처럼 그녀는 흔쾌히 따라나선다.
1월 9일 파리행 KE901편을 탔다.
아버지와 탔던 그 비행기와 같은 편이다.
파리 리옹 역에서 아침 일찍 TGV 열차를 타고 2시간 가량을
달려 벨포트 역에 도착했다.
우리는 역사 한 편에 문이 빼꼼 열려 있는
렌터카 회사에 들어갔다.
마침 빨간색 FIAT 500 한 대가 있다고 해서 달라고 했다.
이 작고 아기자기한 차를 빌려 치하루는 신이 났다.
30분 가량을 신바람 나게 달려, 롱샹성당에 도착했다.

롱샹성당 매표소 직원이 나를 알아보고 시크하게 인사를
한다.

"또 왔어?"
"어, 그래. 이번엔 와이프랑 왔어."

우리는 롱샹성당으로 올라갔다.
겨울이고 오전 시간이라서 그런지 롱샹성당에는 우리 둘만
있었다.
성당 내부로 들어가 준비해온 블루투스 스피커를 꺼내
음악 3곡을 틀었다.
치하루가 의자에 앉아 가만히 음악을 듣고 있다.
내부의 울림이 아주 좋은 성당이다.
어느새 롱샹성당은 우리 둘만을 위한 장엄한 콘서트 장으로
바뀌고 있었다.

그렇게 2시간 가량을 앉아 있다가 성당을 나왔다.
다시 파리로 가야 하니 우리는 벨포트 역으로 돌아가야 한
다.
역으로 가는 길에 우리는 롱샹성당 아래 마을 롱샹에서
늦은 점심을 먹기로 했다.
성당이 있는 언덕을 내려와 좌회전을 하니 시골 삼거리에

부동산이 눈에 들어온다.
호기심에 잠시 멈춰 동네 매물 구경이나 하고 가기로 했다.
쇼윈도에 붙여놓은 매물 정보를 훑어보았다.
주말인데도 한 여자 분이 사무실에 앉아 있다.
문을 열고 들어가니 그녀가 의외라는 눈빛으로
우리를 바라본다.

"이 동네 롱샹성당이 보이는 집 있어요?"

짧은 영어로 물어보니 그녀는 영어를 전혀 하지 못한다.
손짓 발짓 그리고 구글 번역기를 동원해 우리는 그녀에게
롱샹성당이 보이는 집 2곳을 소개받았다.
그중 한 곳이 마음에 들었다.
치하루를 쳐다보니 그녀도 마음에 들어하는 눈빛이다.

언젠가 롱샹성당이 보이는 집에서
아침을 맞을 수 있기를….

이 책을 마무리하며

나
충분하고 과분한 삶을 살고 있다.
감히 기대하지 않은 삶을 살고 있다.
먹고사는 것에만 급급해 살아가던 내가
아름다움에 관심을 갖고
음악에 귀를 열고
내 몸의 변화에 귀 기울이게 되었다.
이런 내 삶을 만나 참 고마울 따름이다.

그 변화는 여행 때문일 것이다.

파리는 특별한 곳이다.

사람과 미술관은 파리 여행에서 빠질 수 없는 주제다.
파리에서 만나는 사람,
파리에서 만나는 작품,
파리에서 만나는 거리,
파리에서 만나는 음식,
그것들은 서울에서
아니 부산에서
강릉에서 평택에서 만나는
그것들과 다르지 않음을….

나의 일상이 이미 충만한 사랑과 수많은
특별한 요소들로 이루어져 있음을 느낀다.

그런 내 안의 사랑과 흥겨움,
그리고 불어오는 신바람으로~
이 책을 마무리한다.

아버지 가방에 들어가실 뻔

1판 1쇄 인쇄 2018년 6월 1일
1판 1쇄 발행 2018년 6월 11일

지은이 김신
펴낸이 김현정
펴낸곳 책읽는고양이 / 도서출판리수

등록 제4-389호(2000년 1월 13일)
주소 서울시 성동구 행당로 76 110호
전화 2299-3703
팩스 2282-3152
홈페이지 www.risu.co.kr
이메일 risubook@hanmail.net

ⓒ 2018, 도서출판리수
ISBN 979-11-86274-35-4 03810

※책값은 뒤표지에 있습니다.
※잘못 제본된 책은 바꾸어 드립니다.
※이 도서의 국립중앙도서관 출판시도서목록(CIP)은 서지정보유통지원시스템 홈페이지
(http://seoji.nl.go.kr)와 국가자료공동목록시스템(http://www.nl.go.kr/kolisnet)에서 이용하실
수 있습니다.
(CIP제어번호 : CIP2018015247)